KB055942

괜찮지 않아도
괜찮아요

The Recovery Letters

• 시월이일은 해와달 출판그룹의 단행본 브랜드입니다.

괜찮지 않아도
괜찮아요

우울증을 겪어낸 이들의 편지

The Recovery Letters

제임스 위디·올리비아 세이건 엮고

양진성 옮기다

시월이일

추천의 말

우울증에서 치유된 사람들이 쓴 편지가 현재 우울증을 겪고 있는 사람들에게 위로를 준다는 점은 분명한 사실이다. 《괜찮지 않아도 괜찮아요》는 살아남은 자만이 할 수 있는 방식으로 우울증을 묘사하고 있다는 점에서 더욱 가치 있다. 감히 세상에서 가장 진솔한 이야기라고 칭하고 싶다. 이 책이 당신에게 희망과 용기를 심어줄 수 있길 바란다. _더글라스 블로호 M.A., 작가 겸 심리 상담가

훌륭한 프로젝트다. 내가 처음 우울증을 심하게 겪었을 때, 살아남고 치유되는 데 있어 가장 큰 걸림돌은 결코 치유될 수 없으리라는 생각이었다. 의사에게 우울증을 극복한 사람들과 만나게 해줄 수 있는지 물었다. 내가 믿을 수 없었고 믿지 않았던 사실, 즉 우울증이 치유될 수 있다는 사실을 믿을 수 있도록 말이다. 이로 인해 나아질 수 있다는 희망을 확인했고 큰 변화가 일어났다.

절망은 때를 가려 찾아오지 않는다. 누구든 힘든 시간을 보내게 될 수 있다는 의미이다. 우울증을 겪고 있는 이들에게 어두운 곳에서

부터 날아온 희망적인 메시지, 《괜찮지 않아도 괜찮아요》를 강력히 추천한다. 우울증과 싸우는 데 필요한 이성적인 믿음이 담긴 이 책에는 생명을 구할 힘이 깃들어 있다. _**팀 로트, 기자 겸 작가**

때로는 감동적이고 때로는 아름다운 이야기이다. 사람들은 마음의 병을 고치는 효과적인 치료제를 찾는 일이 녹록지 않은 이 세상을 살아가면서도, 마음의 병이 치유될 수 있다는 확신을 얻고 싶어 한다. 자신만의 방법으로 우울증에서 벗어난 사람들이 쓴 편지들을 읽다 보면, 우울증을 이겨낼 수 있다는 확신과 결코 혼자가 아니라는 위안을 얻게 될 것이다. _**마크 라이스-옥슬리, 기자**

이 상태가 계속되지 않으리라는 사실을 이미 경험한 사람들로부터 전해진 편지. 마음에 와닿는 편지 한 통은 당신의 삶 속에서 놀라운 차이를 만들어낼 것이다. _**클라우디아 해먼드, 방송인 겸 작가**

우정과 친밀감으로 가득 채워져 있는 수많은 편지가 당신을 당신으로부터 끌어내 고통을 덜어줄 것이다. 더 나아가 상황을 되짚어 보고 문제를 해결하는 데 도움을 줄 것이다. 우울증에서 빠져나오는 것은 가능한 일이다. 당신은 더 사려 깊고, 더 포용적이며, 더 평온해질 수 있다. **_닐 버튼, 정신과 의사**

《괜찮지 않아도 괜찮아요》가 많은 이들의 생명을 구할 것이라는 사실은 두말할 필요도 없이 명백하다. 편지를 쓰고 읽는 행위는 절망에 뿌리박혀 있는 고립감을 뒤흔드는 일이다. 이 책을 읽어라. 그리고 도움이 필요한 사람에게 이 책을 권하라. 분명 진귀하고 강력한 치료제가 될 것이다. **_귀네스 루이스, 시인**

내가 아픔의 한가운데에서 허우적대고 있을 때, 이 편지가 실제로 많은 도움이 되었다. 텅 빈 공간을 뚫고 내게 닿은 몇 안 되는 것들 중 하나였다. **_샬롯 가렛, 심리학자**

이 책에 실린 편지들은 어느 한 사람이 아는 사람에게 보낸 평범한 편지가 아니다. 특정한 수신인을 향해 쓴 공개편지도 아니다. 그저 세상 곳곳에서 힘든 날을 보내고 있을 이들을 위한 열린 편지이다. 보다 많은 이들이 편지를 읽고 희망을 가지길 바라는 마음으로 쓰였다는 점은 역설적이게도 발신인의 진정성을 더한다. 치유의 과정에 있는 이들이 자신이 생각하는 미래에서 빠져나올 수 있길 소망하고, 더불어 또 다른 상상의 나래를 펼칠 수 있길 염원한다.

_G. 토머스 쿠저, 호프스트라 대학교 교수

차례

엮은이의 편지

치유의 편지를 읽기 전에…

처음부터 끝까지

순서대로 읽지 않아도 돼요.

책장을 가볍게 넘기다가

읽고 싶은 편지를 발견하면,

그 페이지를 읽으면 돼요.

분명 당신에게

도움이 될 만한 내용을 찾을 수 있을 거예요.

이건, 우리의 이야기예요.

치유의 편지

저는 이제 조금은
행복해질 수 있는
섬에 있어요.

클레어 A

앞으로도 기분이 나아지지 않을 거라고 생각할
거예요. 어떤 도움도 소용없다고 여기게 되고 어떤 방법도
부질없는 희망으로 느껴지겠죠. 친구들은 다시 행복해질 수
없다고 생각하는 당신을 이해하지 못해요. 혼자만 다른 세
계, 혹은 외딴섬에 뚝 떨어져 있는 기분을 느끼고 있을 당신
에게 이 편지를 보냅니다.

　저는 이제 조금은 행복해질 수 있는 섬에 있어요. 맑고
푸른 하늘과 반짝이는 바다가 펼쳐져 있는 곳이죠. 물론 어

둡고, 차갑고, 비참한 날도 있어요. 하지만 이곳에서는 햇볕을 쬐는 기분을 상상할 수 있어요. 힘겨운 시간을 보낼 때도 행복을 떠올릴 수 있게 되었어요.

제가 겪은 일을 당신도 비슷하게 겪고 있다면, 당신의 섬에는 햇빛이 비추지 않을 거예요. 항상 짙은 안개에 둘러싸인 채 부정적인 생각만 떠오르고, 이는 점점 걷잡을 수 없이 커질 거예요. 결국 어둠에 잠식되고 말 거예요. 그 섬에 있으면 영원히 그곳에 있어야 할 것 같은 생각에 휩싸일 거예요. 행복감으로 충만했던 시절이 있었다는 사실조차 잊어버릴 거예요.

저도 행복감이 어떤 기분이었는지 도무지 기억나지 않았습니다. 행복감이 떠오르지 않는데, 어떻게 다시 그 기분을 느낄 수 있다는 믿음이 생기겠어요. 마음속에 아무 감정도 불러일으키지 않는 단어에 불과할 뿐이죠. 느낄 수 없는 것을 믿기는 힘들어요. 저도 저 바깥에 도움이 될 만한 것이 있다는 상상을 할 수 없었고, 기분이 나아질 것이라는 말을 신뢰할 수 없었어요.

지금 당신에게는 햇빛이 비추는 섬에서 보내온 메시지가 필요해요. 원래 당신이 있던 자리로 돌아갈 수 있다고 말해주는 엽서, 도움이 될 일을 알려주는 편지 말이에요.

따스한 햇살을 다시 느낄 수 있다는 사실이 믿기지 않아도 괜찮습니다. 관대한 마음으로 기다려보세요. 우울증 때문에 희망적인 생각을 끝까지 밀고 나가기 어렵겠지만, 무엇이든지 일단 시작해 보세요. 그래야 정말로 도움이 되는지 알 수 있거든요.

쉬운 일은 아니에요. 집 밖으로 나가는 행위가 도움이 된다는 사실을 이성적으로는 이해하면서도, 감정적으로는 받아들일 수 없거든요. 하지만 일단 시작해 보면 기분이 나아진다는 게 어떤 느낌이었는지, 천천히 기억날 거예요.

운동도 도움이 돼요. 잘 자고 술을 적게 마시는 것도요. 무언가에 대해 써보거나 주변 사람과 이야기를 나누는 것도 좋습니다. 필요하다면 도움을 요청하세요. 그리고 가장 중요한 일이 있어요. 바로 우울증은 처음부터 있었던 것이 아니며 앞으로 계속 남아 있지도 않을 것이라고 믿는 거예요. 지금 당장은 길을 잃은 채 답답한 안갯속을 헤매고 있는 기분이 들겠지만 분명 나아지는 순간이 있어요.

기분이 괜찮아지는 순간, 자신에게 편지를 써보세요. 기분이 괜찮아지는 느낌을 나중에 다시 떠올릴 수 있도록 말이죠. 긍정적이고 희망적인 감정, 즐거운 생각, 하고 싶은 일을 묘사해 보세요. 이 편지는 다시 우울감에 빠지더라도 언젠가 상황은 변하고 기분은 다시 나아진다는 사실을 떠올리게 만들 거예요. 햇빛이 비추는 느낌을 떠올리는 데 도움이 될 거예요. 제 이야기가 도움이 되었길 바라요. 곧 우리 다시 만나요.

무기력에 빠져 있었어요.
하지만 저는 나아졌어요.
이제 당신이 나아질 차례예요.

매트로

당신이 지금 어떤 기분인지 잘 알고 있어요.

정말 최악일 거예요.

어떻게 알고 있냐고요?

얼마 전까지만 해도 저도 당신과 같은 기분을 느끼고 있었거든요. 무시무시하고 위협적인 우울증에서 벗어날 길이 없다고 생각하며, 무기력에 빠져 있었어요. 하지만 저는 나아졌어요. 이제 당신이 나아질 차례예요.

당신에게 해주고 싶은 말이 많아요. 하지만 자칫 진심이 아닌 것처럼 보이거나 제가 모든 해답을 알고 있는 것처럼 보이고 싶지는 않으니까, 몇 가지만 말할게요.

우울증과 불안, 깊은 슬픔에서 빠져나오면서 배운 것이 있어요. 아, 대단한 내용은 아니에요. 하지만 대단한 내용이 아니라는 사실이 가장 중요해요. 이제 진짜 말할게요.

저처럼 우울증을 겪고 있는 사람을 처음 보게 된 날이었어요. 지금은 친구가 된 그가 저에게 말했어요.

"당신이 가는 길을 믿으세요."

그 말을 듣고서는 너무 실망스러워 소리를 치며 울었어요. 하지만 그 말은 계속 제 마음속을 맴돌았습니다. 무슨 일을 하든지 주문처럼 맴돌았죠. 당신이 가는 길을 믿으세요, 당신이 가는 길을 믿으세요….

집을 나서고, 사람들과 이야기를 나누고, 차에 타고, 다시 일을 하고, 달리기를 하고, 그림을 그리고, 개를 산책시키고, 때로는 조용한 방 안에 우두커니 있으면서 스스로에게 말을 건넸어요.

'당신이 가는 길을 믿으세요.'

저는 다시 스스로를 믿는 법을 배웠습니다. 당신도 곧 그렇게 될 거예요.

우리가 겪고 있는 감정 기복을 묘사하고 설명할 수 있는 말은 너무 많지만, 그런 일은 다른 사람에게 맡겨도 돼요. 우리는 이를 정의하려고 하지 말고 그저 스스로를 믿는 일에 전념하기로 해요.

　당신이 겪는 고통을 이해할 수 있는 사람이 많아요. 절망에서 벗어나 더 강해지는 방법을 아는 사람도 많고요. 당신도 그중 한 사람이 될 거예요.

나약하기 때문에
우울증을 겪는 것은
아니에요.

로나

혹시 나약하다는 말을 들었나요? 나약하기 때문에 우울증을 겪는 것은 아니에요. 아무리 강한 사람이라도 한계에 부딪히기 마련이죠. 한계가 있다는 사실은 나약하다는 뜻이 아니에요. 지극히 당연한 일이에요. 우리는 기계가 아니라 사람이니까요.

제가 나약하지 않다는 사실을 받아들이자, 한 줄기 빛이 보였어요. 저는 쓸모없는 사람이 아니었어요. 또 한심하지도 않았죠.

반드시 당신에게도 빛이 내비칠 거예요. 어쩌면 당신의 빛은 다른 곳에서 새어 나올 수도 있어요.

저는 당신의 우울증이 어떤 방식으로 드러나는지 정확히 모르지만, 당신이 얼마나 불안하고 혼란스러운 감정을 느끼고 있을지 짐작할 수 있어요. 지금은 세상에 덩그러니 놓여 있는 기분이겠지만, 당신은 혼자가 아니에요. 정말이에요.

우울증은 사람을 고립시키죠. 저는 고립감 때문에 끔찍한 염려를 자꾸 키워갔어요. 시간이 한참 흐른 뒤에야, 겨우 도움을 구하게 되었죠. 도움을 받자 형용하기 어려운 변화가 일어났어요.

말로 설명하기는 힘들지만 저는 분명 변화를 느꼈어요.

멀지 않은 날에, 당신에게 필요한 도움이 무엇인지 깨닫고 다시 당신의 길을 찾길 바라요. 저는 당신을 만난 적이 없고 당신의 이야기를 들은 적도 없어요. 이름도 모르는 사이이지만 우리 나란히 걸어가요.

우울증은
단순한 슬픔이 아니라
극도의 절망감이에요.

린다

제 상태가 좋은 날은 아니에요. 그래도 용기 내어 당신에게 편지를 쓰려고 해요.

절망의 늪에서 허우적대던 몇 개월 전보다는 훨씬 낫긴 한데, 아직 오르락내리락하는 상태예요.

계속 이야기를 해볼게요. 이번 주에는 붕 떠 있는 느낌을 받았어요. 저에게는 기묘하고도 익숙한 느낌이죠. 삶에 대해 품었던 열정이 기억나지만 오늘은 한발 뒤로 물러선 기분이네요. 치유의 길로 들어서면 모든 것이 괜찮아진다고 이야기하지 않을게요. 때로는 울퉁불퉁한 길을 지나기도 하거든요.

우울증은 단순한 슬픔이 아니라 극도의 절망감이에요. 우울증을 경험해 보지 않은 사람들은 이를 이해하지 못해요. 아무것도 느낄 수가 없는데 뭐가 그토록 끔찍하다는 것인지, 이해하지 못해요. 또 침대에서 일어나야 할 이유를 찾지 못할 만큼 희망이 없는 상태를 이해하지 못해요.

베개에서 머리를 들어 올리는 일조차 힘들 때, 정신을 차리라고 쏘아붙이는 사람도 있을 거예요. 매일매일 고통스러운 생각과 회의감에서 벗어나지 못하는 사람이 있다는 사실을 상상조차 하지 못하는 사람들이에요. 당신의 감정을 조금도 공감하지 못하는 것이죠. 단 일 퍼센트도요.

하지만 저는 당신을 이해해요. 그래요, 저는 알아요. 그래서 당신을 응원해 줄 수 있어요. 저는 한 번에 아주 조금씩 나아가려고 해요. 힘들게 장대높이뛰기를 시도하다가 실패하느니, 작은 걸음만 내디뎌요.

우울증을 앓게 된 것에 대해 더 이상 자책하지 않아요. 우울증이 아니었다면 할 수 있었을 일을 여전히 못 하고 있지만, 그건 어쨌거나 피할 수 없는 현실인걸요. 제가 상상해 온 모습이 되지 못했지만 낙담하지 않고 스스로를 용서하는 법을 배웠어요. 굉장한 성공을 이루지 못한 대신 저는 우울증을 겪으면서 다른 사람, 아마도 더 나은 사람이 되었으니 괜찮아요.

아프기 전 제 모습을 기억하는 사람들의 도움을 받아들이기로 했어요. 덕분에 제가 원래 모습을 잠시 잊었을 뿐이라는 사실을 깨달았어요.

오늘은 힘든 하루였어요. 정말 너무 힘들었어요. 스트레스를 받았고 다시 눈물이 나려고 했어요. 하지만 당신에게 편지를 쓰는 지금, 이 감정은 조금 다른 감정이에요. 우울증을 심각하게 겪을 때처럼 시커먼 커튼이 내려오는 기분이 아니라, 예전에 가끔씩 느끼던 슬픔에 더 가깝다고 표현하는 게 맞겠네요. 제 생각을 편지에 써 내려가면서 지금 제가 어디까지 와 있는지 조금은 이해할 수 있었어요.

진부한 말처럼 들리겠지만 - 제가 또 자기비판을 하고 있네요 - 내일은 내일의 태양이 뜰 거예요. 제 편지가 당신의 마음에 얼마 동안이라도 머물러 있길 바라요.

당신은 특별한 사람이에요.

당신이 어떤 사람인지,

이 세상이 알아야 해요.

자신을
아껴주는 일을
사치라고
생각하고 있나요?

리사

이 편지를 펼쳐주어서 참 고마워요. 어쩌면 지금 당장은 편지를 읽을 수 없을 거예요. 그러니 우선 제가 당신의 관심을 끌어야겠네요.

저도 당신이 있는 그곳에 있었어요. 저만의 방식으로요. 우울증은 사람마다 다른 방식으로 찾아오거든요. 우울증에도 여러 종류가 있죠. 하지만 이건 중대한 문제는 아니에요. 아, 우울증이라고 부르지 않아도 돼요. 당신이 지금 이 순간 느끼는 그것을 뭐라고 부르든 상관없어요. 가장 중요한 사실은 우리가 너무나 끔찍한 경험을 했다는 것이니까요.

　권태, 고갈, 불면증…. 혼자서 혹은 배우자와 함께 누워 있지만 당신의 어두운 생각에 대해 말할 수 없었을 거예요. 알아요, 답답한 심정이었겠죠. 끝날 것 같지 않은 시간 속에 무력하게 깨어 있는 느낌이 들었을 거고요. 특히 아침이면 더욱 무력해지죠. 고대했던 일조차 하찮게 느껴지지는 않았나요? 그동안 일사천리로 진행하던 일이 너무나 불안하게 다가오고, 이미 걱정했던 일은 더더욱 초조하게 다가와요. 그저 시간을 보내는 데에도 너무 많은 노력이 들어가고요. 아, 정말이지 쉬운 일이 하나도 없는 그 기분을 잘 알아요.

　그리 오래전은 아닌데, 제가 마지막으로 아팠을 때는 죽고 싶었어요. 심지어 불치병에 걸린 사람이 부러울 정도였다니까요. 우울증은 명확한 원인을 찾기가 어렵고 다른 사람들이 부정적으로 평가했지만, 불치병에는 대개 분명한 원인이 있고 다른 사람들이 냉소적으로 보지도 않았으니까요…. 그래요, 참 몹쓸 생각이었지요.

　저는 당시에 제가 정말로 '아프다'고 생각하지 않았어요. 그래도 정신과 의사를 찾아갔죠. 왠지 모르게 그래야만 할 것 같았거든요.

　제 안의 깊은 곳에서 제가 게으르고, 일하기 싫어하고,

비겁하고, 능력 없고, 집착이 심하고, 구제 불능이라고 생각했어요. 맞아요, 스스로에게 상처를 내고 있었던 거예요.

자, 이제 당신 이야기를 해봐요.

당신은 훌륭한 사람이에요. 놀랍고 흥미로운 일이 모여 만들어진 당신이 시시한 사람일 리가 있겠어요. 절대 아니죠. 저를 비롯한 많은 사람들의 경험으로 미루어 보면, 당신을 당신답게 만든 특별함은 다시 당신에게 돌아올 거예요. 그 순간을 기다리는 동안, 우울증이 인내와 희망을 잠깐 빼앗았을 뿐이에요. 그래서 지금 당장은 모든 일이 불가능하게 느껴지는 것이죠.

우울증은 질병이에요. 우울증을 앓게 되면 실제로 뇌에서 변화가 발생한대요. 신기하죠? 저절로 상태가 좋아지기도 해요. 하지만 상태에 따라 치유하는 데 수년이 걸리기도 해요. 의사가 필요할 수도 있어요. 그들은 약을 복용해야 하는지, 치료를 받아야 하는지, 더 많은 전문가들의 서비스가 더해져야 하는지 알려줄 거예요. 항우울제가 효과를 발휘해 도움이 될 수도 있어요. 물론 부작용이 발생할지도 몰라요. 하지만 일반 항생제도 종종 부작용을 일으키잖아요. 그럼에도 불구하고 심각한 염증이 생기면 항생제를 복용하는 것처럼, 항우울제도 마음이 아프면 먹는 약, 딱 그뿐이에요. 항우울제를 복용하는 행위는 나약함의 상징이라고 말하는 사람이나 언론 매체는 자기들이 무슨 말을 하는지도 모르고 지껄이는 것이에요. 의사가 아닌 사람의 의학적 충고는 받아들이지 마세요.

개인 상담 치료나 단체 상담 치료를 권유받았다면, 시도해 보는 것도 좋아요. 불안하고 자신이 없더라도 그 자리에 나가는 일을 진지하게 고민해 보세요. 가장 쓰라렸던 기억을 감추려고만 하지 말고 다른 사람에게 들려주세요. 가까운 사람에게 당신의 기분을 공유하는 과정에서 많은 변화가 일어날 테니까요.

당신이 앞으로 어떻게 나아질지에 관해서라면 백 페이지, 아니 그 이상도 쓸 수 있어요. 하지만 지금은 당신이 오래 집중할 수 없는 상태일 테니, 몇 가지 이야기만 더 할게요. 좋은 날도 있고, 안 좋은 날도 있을 거예요. 하지만 안 좋은 날보다 좋은 날이 더 많다는 사실을 당신이 알게 되면 좋겠어요. 가벼운 산책이나 낯선 이의 미소 같은 작은 것으로부터 기쁨을 되찾게 될 거예요. 해야 할 일을 찾고 이로 인해 성취감도 느끼게 될 테죠. 요즘 저는 직소 퍼즐을 맞추거나, 엉망진창인 실력이지만 뜨개질을 하는 데 빠져 있어요. 당신도 하고 싶은 일을 해보세요.

자신을 아끼는 법을 배우는 일은 평생에 걸쳐 수행해야 할 프로젝트예요. 자신을 아껴주는 일을 사치라고 생각하고 있나요? 하지만 이 일은 당신이 생각하는 것보다 훨씬 더 귀중한 일이에요.

이 편지를 읽어주어서 고마워요. 잘했어요. 여기에는 제 편지 말고도 다정한 편지가 많으니까, 다른 편지들도 꼭 읽어보길 바라요. 부디 이 점을 기억하세요. 당신은 혼자가 아니에요. 당신을 아끼는 마음으로, 당신이 치유되길 진심을 다해 기원할게요.

할 수 없다고 믿는 것과
할 수 없다는 사실을 아는 것은
엄연히 달라요.

메간

　　　　　　　우울증과 싸우는 일은 시간 속에 갇혀 있는 일
과 흡사해요.
　　　제가 우울증이라는 여정을 지나고 있다는 사실을 한동
안 제 안에만 담아 두었어요. 스스로도 이해가 안 되는데, 주
변 사람들은 단연 이해할 수 없을 것이라고 생각했거든요.
눈을 감아 빛을 차단하고 어둠 속에서만 깨어 있던 어느 날,
완전히 저를 잃었다고 확신했습니다. '아무것도 아닌 상태'
만 반복되는 곳에 갇혀 있는 제 모습을 발견했어요. 삶을 연

심히 살아가며 미래를 향해 달려가는 사람들을 지켜보면서 열등감이 커졌어요.

공기를 들이마실수록 산소가 독이 되어 혈관 속에 스미는 듯했습니다. 몸을 움직이면 너무 고통스러워 비명이 절로 나왔어요. 불안한 기운을 띤 악랄한 콧노래가 계속 귓가를 내리쳤어요. 빛을 찾아내려는 필사적인 노력은 마치 순환 도로 같아서 늘 원점으로 되돌아왔습니다. 그렇게 같은 길을 달리는 헛된 시도를 반복하고 나자 점점 지쳐갔어요. 허무감이 밀려들었고 더 이상 걸을 수가 없었죠. 그때부터 몸과 마음에서 영혼이 나간 상태가 유지되었어요. 저에게 우울증이란, 결코 빠져나올 수 없으리라 생각되는 시간 속 끝나지 않는 순간이에요.

상담 치료사 중 한 분이 해준 조언이 아직도 선명하게 기억납니다.

"할 수 없다고 믿는 것과 할 수 없다는 사실을 아는 것은 엄연히 달라요."

그 말을 듣고 난 후부터 제 인식이 완전히 바뀌었죠. 마침내 계속 반복해 달려온 순환 도로에서 벗어날 수 있었습니다. 제가 끝없는 절망의 고리에서 벗어나지 못했던 이유는 치유가 가능하지 않다고 믿었기 때문이었어요. 하지만 실제로는 나아질 기회가 있었지요. 제가 만들어낸 안개를 제가 걷어내지 못했던 거예요.

어느새 치유는 가능성이 아니라 현실이 되어 있었습니다. 고개를 들고 지금 이 순간 내가 어디에 있는지, 더 중요하게는 내가 누구인지 기억하기만 하면 돼요. 혹시 시간 속에 갇힌 기분이 드나요? 하지만 당신이 그곳에 갇힌 것처럼 느끼는 것일 뿐이에요. 당신의 인식 바깥에서는 시간이 흘러가고 있다는 사실을 떠올리세요. 그럼 당신 앞에 놓인 아름다운 기회를 발견하게 될 거예요.

자신을 망가뜨리는 행동은
그만두고 치유하는 데
전념하기로 해요.

나탈리 A

머릿속을 가득 채운 근심, 자신에 관한 좋지 않은 소문, 산더미처럼 쌓인 일이 끈질기게 쫓아다니며 당신을 괴롭히고 있나요?

우울증과 함께 찾아오는 감정, 희망이 전혀 보이지 않고 자신이 혐오스러운 그 느낌을 너무나 잘 알아요. 머리가 터질 것 같아 한밤중에도 깨어 있을 수밖에 없는 절망감을 알아요. 곧 질식할 것 같은 중압감과 더 이상 눈물도 나오지 않는 허탈감도 알아요. 그저 한 번만 더 기회를 달라고 애원하게 되는 절박함도 알아요. 혹은 마법의 알약이 개발되어 무력감에서 벗어날 수 있길 바라는 간절함을 알아요.

동시에 저를 옭아매고 있던 뾰족한 철조망을 뚫고 나올 때 혹은 분노와 비난으로 가득한 구덩이를 딛고 올라올 때의 해방감을 알아요. 아주 오랜만에 따스한 햇살이 살갗을 스칠 때의 안도감도 알아요.

깜깜한 구덩이 속에 얼마나 오래 머물러 있었든, 그 구덩이가 얼마나 깊든, 밖으로 나오려는 시도가 얼마나 많이 무위로 끝났든 간에, 당신은 그곳에서 탈출할 수 있어요. 구덩이에서 빠져나와 살아 숨 쉬고 있는 제가 그 증거예요.

우울증에 지배당하지 않겠다는 결심은 우울증을 극복하는 데 있어 촉매제 역할을 했어요. 제가 성공적이고도 충만한 삶을 살 가치가 있는 사람이라는 사실을 잊지 않는 연습을 했어요.

치유는 일상적인 일이자 끝없는 노력을 기울여야 하는 일이에요. 그리고 나쁜 하루를 보냈다고 해도 인생이 통째로 나빠지지 않아요.

저는 무심코 지나쳤던 사소한 장면을 소중히 여기는 법을 익히고 있어요. 비관주의자보다는 낙관주의자가 행복하다고 되뇌고 있어요. 뇌의 화학적 불균형 때문에 발생하는 우울감은 더 이상 제 삶에 아무 의미도 부여할 수 없다는 사실을 깨닫고 있어요. 이로써 이 병을 낫게 할 수 있다고 믿어요.

저는 이제 잔뜩 겁먹은 채 자신의 불행을 남 탓으로만 여기던 어린 소녀가 아니에요. 저는 강하고 독립적이며 무엇이든 해낼 수 있는 멋진 사람이에요. 그저 정신적인 질병을 겪었던 것일 뿐이죠.

제 자신을 사랑하는 법을 배우고 있어요. 저의 모든 것, 그리고 저 이외의 모든 것에 대해서도 마찬가지예요. 남들과 조금 달라도 괜찮다며 저를 다독여요. 또 스스로를 아껴주는 데 주저하지 않아요. 제가 바꿀 수 없는 것은 있는 그대로 받아들이고 포용하려고 애쓰죠.

치유로 가는 첫걸음은 치유되기로 결심하는 것이에요. 제 생각에는 그래요. 우리 이제 자신을 망가뜨리는 행동은 그만두고 치유하는 데 전념하기로 해요. 지지와 사랑을 보내며 긍정적인 영향을 줄 수 있는 사람들의 곁에 머물러요. 사랑하는 사람에게 말하듯, 자신에게도 말을 건네요. 다시 상태가 안 좋아져도 낙심하지 마세요. 치유는 자신의 안녕을 위한 싸움이고, 당신은 반드시 이길 수 있어요. 당신이 해낼 것이라고 믿어요.

우울증은 당신이 아니에요.

당신은 당신일 뿐이에요.

당신의 본질은

사라지지 않았어요.

봄도 오고 여름도,
가을도 와요.
지금은 단지
겨울일 뿐이에요.

제스

낮에도 밤에도… 불안할 거예요. 하지만 이 감정은 당신의 미래에 대한 잘못된 예언에 지나지 않아요. 세상이 다르게 보이는 날이 반드시 와요.

거울에 비친 자신이 혐오스럽게 느껴질 거예요. 하지만 이 느낌은 분명 사라져요. 당신을 사랑했던 이들은 여전히 당신을 사랑스럽게 바라보고 있어요.

언젠가 제 말을 이해하게 될 테니, 제 말을 믿어도 좋아요.

절망에 사로잡힌 채 지옥에서 절대 벗어날 수 없다고 생각할 거예요. 하지만 이 착각은 언젠가 흐릿해져요. 당신은 지금 악몽을 꾸고 있을 뿐이에요. 잠에서 깨어 더 나은 삶을 즐기길 바라요.

자신이 바보처럼 여겨질 거예요. 하지만 이 거짓이 밝혀지는 순간이 존재해요.

외롭다고 느껴질 거예요. 하지만 이 기분은 실상이 아니에요. 당신은 분명 혼자가 아니니까요.

제 말을 들어보세요. 언젠가 당신 앞에 봄도 오고 여름도, 가을도 와요. 지금은 단지 겨울일 뿐이에요. 당신과 어깨를 맞대고 나란히 서 있는 이들이 많아요. 우리가 여기 서 있어요. 다만 당신이 보지 못할 뿐이에요. 더 많은 우리가 여기에 있어요. 우리가 집으로 돌아온 것처럼 당신도 집으로 돌아갈 수 있어요.

눈에 띄지 않는 날도 있지만,
매일매일 자라고 있다는
사실을 아는 것이
중요해요.

미리암

　　당신을 응원하고 있다는 사실을 알려주고 싶어
서 이 편지를 쓰고 있어요.
　　우울증은 사람을 연약하게 만들죠. 알아요. 저도 우울증
을 두 번 겪었거든요. 저도 당신이 직면하고 있는 문제를 조
금은 경험한 셈이죠.
　　제가 겪은 최악의 감정은, 결코 치유될 수 없다는 좌절
감과 가족과 친구가 격려를 해주어도 제가 그들의 말을 믿
을 수 없다는 자괴감이었어요. 당신도 저와 같은 기분이겠

죠. 하지만 절망의 구렁텅이에서 빠져나올 수 있어요. 물론 많은 노력이 필요해요. 그동안은 생각하지도 못했던, 아주 많은 노력이 필요하죠. 겁먹지 말아요. 당신은 해낼 수 있을 테니까요.

저는 말 그대로 한 발 한 발 나아갔어요. 사람들은 조금씩 나아간다는 말을 너무 가볍게 하는 경향이 있지만, 이 말이 뜻하는 진짜 의미는 상상하지도 못할 거예요. 고통받는 사람들, 우울증을 겪는 사람들, 그러니까 당신과 저 같은 사람만 진정한 의미를 가늠할 수 있어요.

제가 치유될 수 있었던 몇 가지 비결이 있어요. 당신에게 도움이 되었으면 좋겠네요.

저는 매일의 계획을 세웠고, 아침에 일어나 그 계획을 실행하기 위한 장소로 향했어요. 주로 제가 일하던 학교에 가서 자원봉사를 했죠. 이 일이 저에게 큰 도움이 되었지만, 사실은 제 인생에서 가장 힘든 일 중 하나였어요. 그곳에서 일하는 사람 대부분은 이전부터 알고 지내던 사이였어요. 과거의 저는 굉장히 자의식이 강한 사람이었는데, 누군가가 달라진 제 모습을 눈치채는 것은 아닌지 내심 신경 쓰였거든요.

운동도 꾸준히 했어요. 대개는 거의 남지 않은 의지를

긁어모아 겨우겨우 제 자신을 이끌고 운동을 해야 했죠. 하지만 한바탕 운동을 마치고 나면 마음이 차분해지고 무언가를 해냈다는 자신감이 생겼어요.

치유되는 데 있어 가장 큰 영향을 끼친 것은 명상과 치료, 특히 '인지 행동 치료'였고요.

제가 한 일을 당신이 하지 않아도 돼요. 그래도 괜찮아요.

치유에는 시간이 걸리기 마련인데, 빨리 치유되지 않는 제 모습을 보면서 몹시 초조했어요. 그럴 때마다 의사는 "우울증에서 치유되는 일은 잔디가 자라는 일과 같습니다."라고 말했죠. 시간이 필요하다는 의미예요. 잔디가 얼마큼 자랐는지 눈에 띄지 않는 날도 있지만, 매일매일 자라고 있다는 사실을 아는 것이 중요해요.

당신은 아직 침대 밖으로 나오고 싶지 않은 단계일지도 모르겠군요. 그럼 침대에 있으면서도 할 수 있는 일을 찾으면 돼요.

우울증을 극복하기 위해서는 자신을 채근하는 것과 자신에게 인내심이나 연민을 지니는 것 사이의 균형을 잘 맞추어야 해요. 이때 자신을 지지해 주는 사람과 함께하세요. 다행히 제 곁에는 항상 저를 응원해 주는 부모님이 있었어요. 혼자 여행하는 일처럼, 제가 힘든 일을 하나씩 해낼 때마다 아버지는 제 벨트에 '브이자 v' 표시를 새겨주었어요. 지금도 가끔 아버지와 그 이야기를 하며 웃어요.

당신이 지금 감당하고 있는 버거운 경험을 당신의 인생을 바꾼 터닝 포인트라고 생각하게 되는 날이 올 거예요. 그날이 되면 속이 깊은 사람, 타인에 대한 배려심이 있는 사람, 세상을 보다 아름답게 느낄 수 있는 사람이 되어 있을 거고요.

제가 저 먼 곳 어딘가에서 당신을 진심으로 응원하고 있다는 사실을 기억해 주세요. 행운을 빌게요.

전부 다
괜찮은 척하는 일을
그만두세요.
괜찮지 않아도 괜찮아요.

엠마

조각난 자신이 한데 모여 다시 몸과 마음이 정돈될 때가 분명히 올 겁니다. 오늘은 '그때'가 아닐 뿐이에요. 도움을 찾고, 찾고, 또 찾으려고 시도해도 당장은 찾을 수 없을 거예요. 그러나 '그때'가 존재하지 않는 것이 아니니 너무 걱정하지 말아요.

당신은 중요한 사람이고 도움을 받아야 할 사람이에요. 당신보다 더 많이 아픈 사람도 있지만, 그렇다고 해서 당신이 도움을 받을 자격이 없다는 뜻은 아니에요.

구름 위로 고개를 들어보세요. 얼굴에 닿는 햇살이 느껴질 거예요.

당신이 상상하는 것보다 당신은 훨씬 더 많은 사랑을 받고 있어요. 한 번 더 알려줄게요. 당신은 당신이 상상하는 것보다 훨씬 더 많은 사랑을 받고 있습니다.

당신의 친구와 가족은 대단한 사람들이에요. 그들은 당신에게 도움을 주려고 늘 같은 자리에서 기다리고 있어요.

저 사람들은 당신 없이는 더 잘 지낼 수 없어요. 당신은 짐이 아니에요. 아주 작고 시커먼 괴물이 당신에게 '골칫덩어리!'라고 속삭일 테지만, 그건 거짓말이에요.

그들을 향해 억지로 미소를 지으면서 전부 다 괜찮은 척하는 일을 그만두세요. 괜찮지 않아도 괜찮아요. 또다시 알려줄게요. 괜찮지 않아도 괜찮아요.

다른 사람들을 위해 항상 강한 모습을 보일 필요는 없어요. 괜찮은 척하는 것은 치유에 전혀 도움이 되지 않는 행동이에요. 너무 오랫동안 괜찮다고 말했기 때문에, 당신의 거짓말에 당신도 속을 뻔했잖아요. 당신은 괜찮지 않아요.

사람들에게 당신이 무슨 생각을 하고 있는지 말하세요. 스스로에게 쓴 편지는 찢어 버리고, 누군가에게 전화를 걸고 누군가를 만나 진실을 이야기하세요. 한결 나아진 거예요. 말 그대로 당신을 짓누르고 있는, 무겁고도 버거운 그 무언가가 떨어져 나간 느낌이 들 거예요. 혼자서 고통을 짊어지지 말아요. 많은 사람들에게 말할수록 마음의 짐은 점점 가벼워지고 결국에는 짐을 짊어진 느낌도 사라질 테니까요.

이 편지는
당신을 위한,
그리고
저를 위한 편지예요.

나타샤 A

이 편지는 '무無'와 '전부'에 관한 글이에요.

제 인생은 완벽해요. 저를 지지해 주는 가족과 훌륭한 남편, 장난꾸러기 아들이 항상 곁에 있죠. 저는 의사예요. 제 일을 사랑해요. 하지만 저는 가끔… 괜찮지 않아요.

가장 끔찍한 것은 속이 뒤틀리는 슬픔이 아니에요. 목을 콱 틀어막는 흐느낌이나 소리 없는 절규도 아니에요. 이런 것들은 모두 제 감정일 뿐이죠. 가장 끔찍한 것은 '무의 상태'가 찾아올 때예요.

무,

아무것도,

아무것도 아닌,

아무것도 없는 상태가 찾아왔어요.

무의 상태는 몇 시간, 며칠 혹은 몇 주 동안 이어져요. 그리고 영원히 지속될 것처럼 느껴져요. 아무것도 아니고 아무것도 없는 상태로 말이에요.

그때는 훌륭한 남편에게도 할 말이 없고, 저의 환자들에게 해줄 수 있는 일도 없어요. 유쾌한 친구들과 든든한 부모님의 전화도 받지 않아요. 그냥 아무것도 하지 않아요.

온 세상이 짙은 회색으로 물들어 있는 것 같아요. 음악은 시끄러운 소음에 지나지 않죠. 완벽한 삶도 여린 비눗방울 속에 존재할 뿐이라는 상념에 잠겨요. 빛이 보이지 않아요. 끝도 보이지 않죠.

하지만 언제나 끝은 있어요. 희망은 돌아올 거예요. 처음에는 잔잔하게 물결치며 다가와요. 그다음에는 물 위에 반짝이는 윤슬처럼 또렷해져요. 그러다가 어느 순간, 강둑이 터지듯 밀려와요. 그렇게 삶을 되찾게 되죠. 이때가 되면 저는 비눗방울 속으로 다시 들어가요. 그곳에서 저의 시간을 소중히 다루어요. 그 시간을 보낼 수 있다는 것 자체가 감사한 일이니까요.

다시 무의 상태가 찾아올 거예요. 하지만 전부 원래대로 되돌아올 것이라는 기억을 떠올려요.

이 편지는 당신을 위한, 그리고 저를 위한 편지예요.

고통 너머에
다른 삶이 실재한다는 사실을
상상하기는 힘들 거예요.

젬마

　　당신의 기분을 묻지 않을게요. 어떤 기분을 느
끼고 있을지 너무 잘 아니까요. 일 년 전의 저는 오늘의 당신
의 모습과 같았어요. 고통스럽게 쏟아지는 그 감정이 아직
도 기억나요. 하지만 지금은 그게 전부예요. 기억일 뿐이죠.
알아요, 제 자신도 믿을 수 없는 일이 일어났어요.

　　고통 너머에 다른 삶이 실재한다는 사실을 상상하기는
힘들 거예요. 그래요, 충분히 이해해요. 하지만 분명히 말해
주고 싶어요. 그 시간은 반드시 와요. 당신이 준비를 마칠 때

까지 당신을 기다리고 있을 뿐이에요. 재촉하는 건 아니에요. 그저 다른 삶이 당신을 기다리고 있다는 이야기를 해주고 싶어요. 그곳까지 가는 데 얼마나 오랜 시간이 걸리든지 상관없이, 그 시간은 머물러 있어요. 맞아요, 너무 걱정할 필요 없어요. 당신이 그 삶을 끌어안을 때까지 기다리고 있을 테니까요.

심호흡을 해보세요, 계속해서요, 한 번 더요.

당신의 숨결 하나하나가 살아 있음을 느껴보세요. 오늘 할 수 있는 일이 그것뿐이더라도, 잘 해냈다고 생각하세요. 한 번 숨을 내쉴 때마다 당신은 하나씩 해내고 있는 거예요. 당신이 자랑스러워요.

당신이 해낼 수 있다는 것을

당신도 알고 있어요.

당신은 할 수 있어요.

고통은
영원히 지속되지
않는다고
말해주고 싶어요.

새라

이 편지를 읽고 있다면 당신은 분명 안 좋은 날, 안 좋은 일주일 혹은 이 주일을 보내고 있겠죠. 종종 우울증은 그렇게 찾아오니까요. 고통은 영원히 지속되지 않는다고 말해주고 싶어요.

희망과 행복을 되찾을 수 없다고 어림짐작하고 있나요?

자신을 의심하고 있나요?

내면의 힘을 무시하고 있나요?

스스로 어떤 사람인지 헷갈리나요?

어깨 위에 성가시고 못된 앵무새가 앉아서 부정적인 말을 달콤하게 속삭이고 있나요?

머릿속을 파고든 생각이 얽히고설켜 쉴 틈 없이 소리를 질러대고 있나요?

너무 고통스러워 숨고 싶나요?

부디 그렇게 생각하지 마세요. 더 나은 날이 올 거예요. 그날은 내일이 될 수도 있어요. 지금부터 제 말에 귀를 기울여 주면 좋겠어요. 당신이 기억해야 할 가장 중요한 말을 할 테니까요.

당신은 강인한 사람이에요.

당신은 능력 있는 사람이에요.

당신은 헤쳐 나갈 수 있는 사람이에요.

당신은 우울증을 물리칠 수 있는 사람이에요.

당신이 얼마나 멀리 왔는지 돌아보세요. 그동안 더 힘겨웠던 시간도 이겨냈는걸요. 가끔은 변화를 일으킨 적도 있었고요. 힘든 하루를 보냈을지라도 다행히 오늘 하루는 영원하지 않아요. 눈부신 날이 기다리고 있을 것이라는 희망을 포기하지 마세요.

오늘 당신이 해야 할 일은 두 가지예요.

첫째, 견뎌내기. 둘째, 있는 힘을 다해 한 걸음 내딛기.

당신은 어제의 시간도 극복했어요. 그러니 오늘도, 내일도, 그 후에도 계속 극복할 수 있어요. 당신이 생각하는 것보다 당신은 훨씬 더 강인한 사람이거든요.

가라앉는 것을 거부하는 법 대신 훨훨 나는 법을 배우세요. 당신의 날개를 찾아 날아오르세요. 오르고 또 오른 다음 부정적인 생각을 떨쳐 버리세요. 계속 발만 내려다보고 있으면 어디로 향하는지 알 수 없으니, 앞을 보세요. 밑을 보지도 말고 뒤돌아보지도 마세요. 더 좋은 날이 당신을 기다리고 있어요. 그러니 더욱더 앞을 보아야 해요. 언젠가는 '새라말이 맞았어. 지금의 나를 봐. 너무나도 잘하고 있어!'라고 생각하게 될 거예요.

우리는
'엄마'이기도 하지만
그저 '나'이기도 한 존재예요.

아이비

산후 우울증을 앓고 있는 당신에게 전하고 싶은 말이 있어서 이 편지를 쓰고 있어요. 먼저 당신은 치유될 것이고 당신의 잘못은 없다는 말을 해주고 싶어요. 제가 겪은 산후 우울증 경험을 나누려고 해요. 제가 들려주는 이야기가 당신 마음에 전해지면 좋겠네요.

사람들은 임신을 하고 엄마가 되는 일을 '행복'이나 '환희' 같은 단어로 설명해요. 하지만 엄마가 되는 일이 항상 행복한 것은 아니에요. 엄마는 가장 힘든 직업이거든요. 특히 충분한 도움을 받지 못할 때 더욱 그래요. 아무것도 예상하지 못한 채로 처음 엄마가 되면, 새내기 엄마로서 자신이 잘하고 있는 것인지 헷갈리기 때문에 불안감을 느껴요. 불시에 산후 우울증까지 찾아온다면 상황은 더욱 나빠지겠죠.

저는 엄마가 되는 과정을 지나면서 행복하지 않았고, 환희를 느껴본 적도 거의 없어요.

임신을 하는 과정에서도 마찬가지였죠. 인공 수정을 하느라 온갖 주사를 맞으며 초조함에 시달려야 했거든요. 임신 초기부터 출산이 임박했을 때까지 입덧으로 고생했고요.

여러 번의 인공 수정 실패로 인한 좌절감과 차가 완전히 부서질 정도로 큰 자동차 사고로 배 속에 있는 아이를 유산했던 때의 절망감을 생각하면, 임신 기간은 그나마 부드럽게 지나갔다고 할 수 있어요.

딸이 태어난 후에는 자궁 유착으로 인해 자궁을 들어내야 했어요. 태반이 자궁 안으로 자라나는 극히 드문 경우였죠. 자궁 절제술을 받는 동안 엄청난 출혈이 발생했어요. 일주일 동안 병원에 입원해 있으면서, 한 번에 두 시간이 넘게 자본 적이 없었죠. 음식도 얼음 한 조각 정도의 양만 겨우 삼킬 수 있었어요. 수술과 회복 때문에 딸아이와 한동안 떨어져 지내야 했지만, 모유 수유를 하기 위해 저는 강해져야 했습니다. 이제 더 이상 아이를 가질 수 없다는 사실에 망연자실한 기분이었지만, 모든 것을 견뎌내야만 했어요.

아이가 태어나고 몇 주가 지났을 무렵, 딸아이에게 배앓이와 습진, 유아 지방관* 증상이 나타났어요. 딸아이의 풍성했던 머리카락이 조금씩 빠지더니 한순간에 머리카락이 한 올도 남지 않게 되었어요. 아이가 심하게 아픈 날은 제가 엄마로서 완전히 실패한 것 같았습니다.

임신 기간 내내 제가 가졌던 불안감이 아이에게 고스란히 전해져, 아이 인생이 안 좋게 시작되었다는 죄책감이 들었습니다. 그때부터 산후 우울증이 추한 얼굴을 들이밀기 시작했어요.

친척이나 친구, 상담사의 도움이 필요했지만 그럴 수 있는 상황이 아니었어요. 지금은 구글에 '산후 우울증 불면증', '출산 이후 잠을 잘 수 없을 때' 등의 키워드를 검색하면 많은 정보가 나오지만, 당시에는 그렇지 않았거든요.

아이의 배앓이가 끝나고 일주일쯤 지나자 산후 우울증이 본격적으로 찾아왔습니다. 불면증이 먼저 생겼고, 공황 발작, 체중 감소, 식욕 감소가 이어지더니 아무것도 할 수 없

---

*　신생아에게 발생하는 지루 피부염

고 생각도 또렷이 할 수 없는 상태가 되었어요. 하루빨리 도움을 받아야 했습니다. 하지만 의학적 도움을 구할 생각은 하지 못했어요. 요즘 시대였다면 달라졌을지도 모르겠네요.

담당 의사는 환자를 대하는 태도가 매우 불량한 사람이었지만, 수면제는 제대로 처방해 주었어요. 불면증은 어느 정도 치료할 수 있었죠. 하지만 의사의 부정적인 시선과 감정적인 소통 능력 부재로, 치유 기간 내내 매우 고통스러웠어요. 불면증이 다시 시작되었고 공황 발작이 진행되었죠. 제가 산후 우울증을 앓고 있다는 사실도 몰랐어요. 그냥 제가 미쳐가고 있다고 생각했어요.

제 끔찍한 증상에 실제로 이름이 있다는 것을 알게 되자, 이 어둡고 고통스러운 터널의 끝에서 한 줄기 빛이 보였어요. 산후 우울증, 이에 대해 무지했기 때문에 두려운 상태로 살아온 거예요. 산후 우울증에 대해 알게 되자 희망이 보였습니다.

지금 아는 것을 그때도 알았더라면 좋았을 텐데… 아니 그보다는 아이가 태어나기 전에 누군가가 산후 우울증의 개념과 원인, 대처 방법을 설명해 주었다면, 길고 외롭고 어두운 길을 가지 않아도 되었을 텐데… 생후 몇 개월 동안 아기와 더 즐겁게 지낼 수 있있을 텐데… 맞아요, 잃어버린 시간은 되돌릴 수 없겠죠.

산후 육 주까지는 불면증이 흔해요. 하지만 이 증상은 산후 우울증의 초기 신호일 수도 있습니다. 피로에 절어 있는데도 제대로 잠에 들 수 없다면, 의사에게 산후 우울증 검사를 받게 해달라고 요청하세요. 모든 산모는 처음 몇 개월 동안 피곤하기 마련이라며, 수면제 처방만 해주는 의사의 말만 듣고 불면증과 씨름하지 말아요. 단순한 불면증이 아닐 수도 있거든요. 식욕 감소와 급격한 체중 감소 등 다른 산후 우울증 증상은 없는지 차근차근 살펴보세요.

남편은 물론 어느 누구도 산후 우울증의 고통을 가늠하지 못할 거예요.

"피곤한 것 같지만 괜찮아 보여. 새내기 부모는 다 그런 법이니까."

사람들의 말은 저를 더욱 힘들게 만들었습니다. 사회가 기대하는 행복한 엄마의 모습대로 미소를 머금기 위해 고통을 뒤로 숨기고 스스로를 옥죄었어요. 그러나 우리는 '엄마'이기도 하지만 그저 '나'이기도 한 존재예요.

버티기 힘들 정도로 힘에 부치거나 무언가가 잘못되었다는 생각이 들면, 혹은 두 가지 느낌이 모두 든다면 그저 침묵하고 있지 마세요. 도움을 요청하세요. 감정을 안에만 가두지 마세요. 고립감에 사로잡히지 마세요. 이는 자신을 더욱 수치스럽고 외롭게 만들 거예요.

당신은 혼자가 아니에요. 지금 이 순간, 당신이 겪고 있는 일을 똑같이 겪는 엄마들이 아주 많아요. 사회적 지원은 모든 엄마들에게 무척 중요한 부분이라고 생각해요. 혼자서 싸우려고 하지 말아요. 다 같이 헤쳐 나가야 할 일이에요.

엄마로서 많은 일들을 겪은 덕분에 저는 더 강한 사람이 되었죠. 말도 안 되는 소리처럼 들릴지 모르지만, 저는 우울증을 겪은 것을 유감스럽게 생각하지 않아요. 우울증을 경험하지 않았다면 오늘의 저는 없었을 거예요. 저는 그날그날 직면하는 난관을 더 자신감 있고 유연하게 대처할 수 있게 되었습니다. 이 말은 제 삶의 신조가 되었어요.

"우울증에서 살아남았다면 어떤 일에서든 살아남을 수 있다."

사람들은
당신을 걱정하고,
당신과 함께 있길 원하고,
당신을 사랑하고 있어요.

제임스

깊은 우울증의 늪에 빠져 있었습니다.

앞으로 다시는 웃을 수 없다고 생각했습니다.

정상적인 삶을 영위할 수 없다고 판단했습니다.

예전으로 돌아갈 수 없다고 확신했습니다.

한시도 고통에 대해 망각할 수 없었습니다.

우울증이 주는 외로움이 너무나 잔인해, 우울증이 얼마나 끔찍한지 아무도 이해하지 못할 것 같았습니다.

제가 가진 느낌을 당신이 온전히 느낄 수 없듯, 당신이 견디고 있는 상황을 제가 그대로 알 수 없을 것입니다. 하지만 우리는 모두 이 어둠을 경험했다는 공통점을 가지고 있습니다. 우리뿐만 아니라 많은 사람들이 그러하죠.

제 편지를 통해, 어둠 속에서 나와 열심히 살아가는 사람이 아주 많다는 사실을 당신이 알게 되면 좋겠습니다. 인내심을 가지고 자신을 아끼고 사랑하세요. 점점 나아질 것입니다.

고통이 찾아온다면, 당신이 당신에게 신호를 건네는 것일지도 모릅니다. 멈추라고, 달리는 말에서 뛰어내려 잠시 앉아 휴식을 취하라고 말입니다. 당신은 중요한 사람입니다. 사람들은 당신을 걱정하고, 당신과 함께 있길 원하고, 당신을 사랑하고 있어요.

우울증을 겪을 때 부족한 한 가지는 희망입니다. 다시 말하면 우리에게 필요한 한 가지도 희망입니다.

당신이 계속 살아가길, 당신이 치유되길 바랍니다.

하루빨리 나아서
약을 끊어버리고 싶을 거예요.
하지만 서두르지 마세요.

폴

당신이 오래 집중하기 힘든 상태임을 알고 있습니다. 마음이 다른 곳에 가 있을 수도 있겠군요. 이 편지에서 기억할 내용은 딱 한 가지뿐입니다. 미래는 생각보다 밝다는 사실이 바로 그것이죠.

이를 어떻게 확신할 수 있냐고요? 저는 당신이 맞이할 삼 년 후의 미래에서 이 편지를 쓰는 사치를 누리고 있는 것과 다름없으니까요. 당신은 지금 서 있는 곳보다 훨씬 나은 곳에 있습니다. 그다지 크게 변한 것은 없으니 안심하세요.

다만 정신적으로는 완전히 다른 세계에 있다는 점은 분명합니다.

당신도 곧 알게 될 테지만, 미리 몇 가지 이야기를 해줄게요.

매일 달고 사는 두통은 평생 지속되지 않습니다. 물론 울긋불긋해지는 피부병을 포함한 다른 증상도 마찬가지예요. 사납고 어두운 감정과 폭발하는 분노, 스스로를 갉아먹는 과민증은 차츰 줄어들 겁니다. 열정은커녕 기운마저 사라지는 상태도 두려워하지 마세요. 곧 활력을 되찾게 될 테니까요. 물론 불면증도 없어질 거예요.

제 말이 믿기지 않을 것입니다. 어쩌면 저를 이상한 사람으로 취급하고 있을지도 모르겠네요. 하지만 제 말을 믿어도 돼요. 저는 당신의 기분이 좀 나아져서 제 말을 경청하고 수용할 수 있을 때까지 기다릴 수 있습니다.

스트레스에 파묻혀 완전히 기진맥진한 상태임을 깨달았나요? 의사가 당신에게 우울증이라는 진단을 내리고 약을 지어 주었나요? 그렇다면 당신에게 적합한 조언을 해주고 싶습니다.

지금은 하루빨리 나아서 약을 끊어버리고 싶을 거예요. 하지만 서두르지 마세요. 저도 아직 약을 복용하고 있습니다. 정말 괜찮습니다. 약을 진짜 끊을 준비가 될 때까지 충분한 시간을 두고 약을 복용하세요.

목표를 정하지 말라는 말도 해주고 싶습니다. 삼 년 동안 술을 마시지 않겠다고 다짐하는 일은 추천하고 싶지 않아요. 금주가 쉬운 일도 아닐뿐더러 술을 마시지 않는다고 상황이 크게 달라지지 않거든요.

상담 치료를 꼭 받으시길 바랍니다. 의사와 이야기를 나누세요. 약으로 기분이 나아질 수도 있지만, 어디까지나 증상을 완화시키는 역할에 지나지 않습니다. 우울증을 유발한 원인을 찾아내야 근본적인 치유가 가능할 테죠. 과정은 힘들고 지치겠지만, 우울증의 원인을 찾기 위한 상담 치료는 받아볼 가치가 있습니다.

몇 가지만 더 이야기해도 될까요?

잠을 자기 위해 노력하길 바라요. 밖에 나가서 신선한 공기를 들이마셔요. 당신이 좋아하는 일이 아니라면 너무 많은 생각을 쏟아붓지 마세요. 좋아하지 않는 일에 시간을 보내기보다 좋아하는 일에 시간을 보내는 편이 훨씬 낫습니다.

치유로 가는 길은 아주 길고 험난할 겁니다. 롤러코스터를 타듯 오르락내리락할 거예요. 하지만 분명 나아질 것이라는 사실을 꼭 기억하세요.

좋았던 일이나 긍정적인 감정, 사람들이 당신에게 해준 칭찬을 기록해 보세요. 아무리 작은 것이라도 매일매일 써야 합니다. 그 기록은 좋지 못한 날을 보내고 있는 당신에게 위안을 줄 겁니다. 당신은 실패자가 아니라고, 당신은 존재할 가치가 있다고….

자, 이제 마지막 조언입니다. 우울증을 혼자만의 비밀로 감추지 마세요. 우울증은 추잡한 비밀이 아닙니다. 사람들에게 우울증에 걸렸다는 사실을 일찍 말할수록, 같은 경험을 하고 있는 사람 혹은 같은 경험을 했던 사람을 더 빨리 만날 수 있습니다. 그들은 당신에게 큰 도움이 될 거고요.

"기운 내세요."라는 말은 하지 않겠습니다. "씩씩하게 일어나세요."라는 말은 더더욱 하지 않을 거고요. 하지만 이 말은 꼭 하고 싶습니다. "자신을 아껴주세요. 당신은 소중한 사람입니다."

**시간과 노력,
수많은 눈물이 필요하지만
당신도 이룰 수 있는 일이에요.**

조

안녕하세요. 저는 조예요. 저는 정신 건강 문제를 겪으며 자랐어요. 열세 살이 넘어서부터 슬픔과 긴밀한 관계를 맺고 살았죠. 목이 쉬도록 울고 새벽까지 잠 못 이루다가, 다음 날이 되면 학교에 갔어요. 집을 떠나 학교 근처에 살면서부터는 우울증이 더 심해졌습니다. 심신이 모두 쇠약해졌어요. 수업에 빠졌고 숙제를 제때 제출하지 못했어요. 방 안에서만 지내다가 나중엔 침대에서 일어나지도 않았어요. 식사, 수면, 사회 활동 등 모든 일상을 멈출 수밖에 없었죠.

일상을 보내는 것 자체가 저에게 끔찍한 숙제가 되었어요. 길을 걸을 때는 정신이 다른 데 팔려 있는 바람에, 신호등이 보이지 않아 자주 위험에 빠지기도 했죠. 공부는커녕 제 인생에도 신경 쓰지 않았습니다. 무감각해졌어요. 파도에 휩쓸려 해안가에 널브러져 있는 빈 조개껍데기처럼 쓸모없는 존재로 전락했다고 생각했어요.

친구들이 저를 향해 '멍청이' 혹은 '루저'라고 부르면 제 자신을 비난했습니다. 그들이 잘못한 것인데, 제 탓만 해댔죠.

열여덟 살이 된 해에 자기혐오에서 벗어나기로 결심했어요. 저를 지배하고 있는 무감각을 파괴하고 싶었습니다. 병원에 가서 우울증 치료를 시작했어요.

"저는 괜찮지 않아요."

가장 내뱉기 어려운 말이자, 제 인생을 송두리째 바꾼 말이기도 해요.

길고 느린 치유의 길을 걸었습니다.

상담과 진료, 약물 치료를 병행했어요. 몇 주 지나지 않아 우울증 증상이 완화되었어요. 다시 잠을 자고 식사를 할 수 있었어요. 저는 조금씩 감각을 되찾았습니다. 처음에는 아주 잠깐씩 감각이 지속되었죠. 재미있는 이야기를 들을 때 천천히 진심 어린 미소가 피어올랐어요. 포옹을 할 때 슬며시 타인의 온기가 스며들었어요. 엄마가 사랑한다고 말할 때 잠시 스스로 가치 있는 사람이라고 생각했어요.

다음 단계로 나아가기로 했습니다. 몇 개월 후에 열릴 콘서트 일정을 기록하고, 대학원 진학을 위한 준비 과정을 알아보고, 직업을 구했어요. 생애 처음으로 제 앞에 펼쳐진 미래를 그릴 수 있었습니다. 정말 잘 살아갈 수 있으리라는 기대감이 생겼어요.

미래에 대한 희망이 삶의 한 부분을 차지하게 되었습니다. 차츰 일상을 회복했어요. 시간과 노력, 수많은 눈물이 필요하지만 당신도 이룰 수 있는 일이에요.

전문가의 도움이 치료의 전부는 아니에요. 하지만 분명 전에는 없었던 '무언가'를 얻었어요. 바로 기회예요. 살아갈 기회, 비전을 되찾을 기회, 다시 행복해질 기회를 가질 수 있었어요.

저는 앞으로도 우울증을 지닌 채 살아가게 될 거예요. 하지만 늘 우울한 상태로 살아가지만은 않을 거예요. 맞아요, 우울증은 여전히 털어내기가 힘들어요. 사라지지 않죠. 하지만 예전처럼 무력감과 절망감에 사로잡히지 않습니다. 복잡한 생각 사이에서 길을 잃지도 않고요.

고통을 견뎌야 할 때는 인지 행동 치료, 명상, 일기 쓰기, 운동, 요가 등을 시도하고 있습니다. 항상 효과가 있는 것은 아니에요. 당신에게는 전혀 효과가 없을 수도 있고요. 하지만 다양한 시도를 멈추지 마세요.

저는 대학을 졸업했고 대학원 과정을 밟았어요. 일자리도 얻었어요. 당신에게도 기쁘고 행복한 날이 찾아올 거예요. 그런 날이 자주 찾아와 점점 더 평범하게 느껴질 거예요. 동시에 실망하고 낙심하는 날이 줄어들 거예요. 때로는 너무 오랫동안 우울증이 나타나지 않아서, 다시는 우울증을 겪지 않을 것이라는 기대도 하게 될걸요. 그러니 제발 포기하지 말아요. 당신의 삶을 되돌릴 수 있을 때까지 시도하고 또 시도하길 바랄게요.

도움을 요청하고,

도움을 받고,

도움을 주세요.

당신의
마음을
우리가
알아요.

바바라 A

뿌연 안개 속에 파묻혀 있을 때는 타인의 말을 가만히 듣는 일조차 많은 노력이 필요해요. 그렇죠? 하지만 분명 나아질 거예요. 혹시 출구를 찾지 못한 채 자꾸만 아래쪽으로 더 깊숙한 쪽으로 빠져들며, 밀려오는 두려움에 떨고 있나요? 기분이 한결 좋아질 것이라며, 사람들이 운동을 권유해도 시도할 수가 없죠. 컨디션이 괜찮은 날조차 기운이 없어 옷을 입는 사소한 행동도 버거운데 운동을 할 수 있을 리 없잖아요. 맞아요, 그럴 거예요.

하루 종일 아무것도 하지 않아도 되고 아무 생각도 하지 않아도 괜찮아요.

가끔 어떤 사람이 당신에게 기분이 나아졌는지 물을 거예요. 아이참, 이런 우스운 질문이 또 있을까요? 아무것도 느낄 수 없는 상태인데 말이에요. 조금만 건드려도 눈물이 왈칵 쏟아지죠. 게다가 아주 많이 쏟아질 거예요. 그럼 사람들이 또 괜찮은지 물을 거예요. 눈물이 한번 흐르기 시작하면 멈출 수가 없는데, 그런 위로가 무슨 의미가 있겠어요?

저는 당신처럼 오래도록 힘겨운 시간을 보냈답니다. 그래서 당신을 이해할 수 있어요.

이제 위를 올려다보세요. 바로 저 위, 당신의 깊고 어두운 공간 너머에 있는 햇살이 조금 보이지 않나요? 자세히 보세요. 그 햇살은 당신의 희망이에요. 조금만 기다리면 그곳에서 손이 내려올 거예요. 제 손이에요. 또 당신의 절망을 이해하고 있는 모든 사람의 손이기도 하죠. 따뜻한 온기가 묻어 있는 손들이 차츰차츰 다가와, 당신을 어루만지며 말할 거예요.

"우리가 여기 있어요. 우리는 치유되었어요. 우리는 햇빛이 비추는 이곳에 있어요. 언젠가는 당신도 이곳으로 오게 될 거예요. 우리가 여기 있을게요. 당신을 포기하지 않을게요. 당신의 마음을 우리가 알아요."

당신이 이곳에 다다르기 위해서는 사다리가 필요해요. 사다리를 만들 수 있는 원동력이 무엇인지는 아직 아무도 몰라요. 친구와의 추억이 될 수도 있고, 의사와의 대화가 될 수도 있고, 혼자만의 시간이 될 수도 있겠죠. 저는 요즘 명상에 집중하고 있는데, 덕분에 우울증 없이 몇 년을 보내고 있어요. 놀라운 일이죠. 명상이 당신에게는 좋은 선택지가 아닐 수도 있어요. 하지만 분명 당신은 당신만의 사다리를 만들수 있을 거예요. 그 사다리에 첫발을 디디기만 하면 더 밝은 곳을 향해 올라갈 수 있어요. 지금은 당신이 사다리를 만들수 있는 힘을 지니고 있다는 사실만 알고 있어도 충분해요. 그것만으로도 위로가 될 테니까요.

잊지 마세요. 당신은 우울증을 헤쳐 나가고 있는 강인한 사람이에요. 당신을 꼭 안아줄게요.

**남에게
도움을 받는 것은
부끄러운 일이
아니에요.**

엘리사

당신은 실패자가 아니에요.

당신은 나쁜 사람이 아니에요.

당신은 혼자가 아니에요.

이 말이 믿기지 않겠지만, 다시 읽어보세요.

한 번 더요.

당신 앞에 놓여 있는 어둠이 너무나 생생할 거예요. 제
가 우울증을 겪었을 때 가장 먼저 두려움이 엄습했어요. 남
은 인생 동안 부정적인 생각만 되풀이하며 살아갈 것 같다

는 예감이 들었거든요. 제 이성적인 뇌의 아주 작은 부분이 말도 안 되는 일이라고 말했지만, 저는 두려움을 느끼지 않는 날을 상상할 수 없었기에 두려움 외의 감정을 느낄 수 없었습니다. 저의 존재가 너무나 생경하게 느껴졌어요. 죽지만 않았을 뿐, 생명이 없는 존재처럼 느껴졌죠.

항상 유쾌하고 긍정적인 사람이라고, 저를 속이고 다른 사람들도 속였습니다. 제가 우울증을 겪고 있으리라고 예상한 사람은 없었죠. 저도 오랫동안 인정하지 않았으니까요. 여전히 일을 잘했고, 그중 몇 가지는 아주 성공적으로 이끌기도 했어요. 하지만 속은 허물어지고 있었죠. 나중에 사람들에게 제가 '기능 수행이 굉장히 뛰어난 기능 장애자'라고 말했을 때 다들 놀라워했다니까요.

우울증의 원인이 무엇이든지 간에, 당신의 몸은 공격받았고 뇌는 타격을 입었을 거예요. 우울증의 여정에는 산봉우리도 있고 계곡도 있어요. 이를 지나고 나면 평탄한 도로를 마음껏 달릴 수 있어요. 스스로 버틸 수 없을 때 남에게 도움을 받는 것은 부끄러운 일이 아니에요. 부디 믿을 만한 사람들에게 당신이 느끼는 감정을 털어놓으세요. 사람들은 당신이 생각하는 것보다 훨씬 더 친절하거든요. 자신에게 너그러워지세요. 조금이라도 도움이 될 것이라는 기대감이

든다면, 그게 무슨 일이든 무조건 시도하세요. 적절한 약, 상냥한 상담사와의 대화 치료, 치유의 기도, 신선한 음식, 건강 보조제 - 저는 오메가3와 비타민D를 복용했어요 - , 뜨거운 목욕, 발 마사지, 그리고 산책도 좋겠죠. 자신을 위해 꽃을 사는 것도 좋고, 밴조로 연주하는 음악을 감상하는 것도 좋겠네요. 달콤한 디저트를 먹는 일도 추천해 주고 싶어요.

이 노력들이 언젠가 마법처럼 효력을 발휘할 거예요. 아침에 일어날 때 안도감에 가까운 기분을 느끼게 될 거예요. 처음에는 가벼운 볼 키스처럼 닿은 듯 닿지 않은 느낌으로 다가올 거예요. 가끔은 어두운 그림자가 보이기도 하겠지만, 어둠 속을 걷고 있지 않다는 사실을 이내 깨닫게 될 거예요.

당신은 여전히 당신이에요. 그리고 늘 당신 그대로일 거예요.

자신감 회복하기,

삶을 추스르기,

존중하는 마음을 찾기,

창의성을 되살리기,

아름다운 마음을 소중히 여기기,

타인의 도움과 이해에 기대기.

자신만 신경 쓰는 행위는
이기적이라고 치부해 왔지만,
그건 저에게 필요한 일이었어요.

나탈리 B

이 편지를 통해 제가 겪었던 우울증에 대해 고
백해 볼게요.

저는 자주 눈물을 쏟고는 했습니다. 한없이 흐느낄 때에
는 나아질 것이라는 말이 마치 현실에 존재하지 않는 환상
처럼 느껴졌어요. 더는 이 고통을 감내할 자신이 없었습니
다. 약도, 상담도 전혀 도움이 되지 않았거든요.

저에게는 아무것도 없었죠…. 그럼에도 불구하고 의료
진들과 제가 곁을 내어준 몇 안 되는 친구들은 계속해서 저

를 응원했습니다.

"분명 나아질 거야"

"너의 삶도 달라질 거야"

하지만 소용없었습니다.

'이 사람들이 어떻게 나를 이해하겠어…'

'나처럼 우울증을 겪은 것도 아니면서…'

'뼈아픈 고통에 시달린 적도 없으면서…'

'저들은 학대, 무시, 스트레스를 겪어보지도 않았잖아…'

시간이 흘렀고, 지금은 그들의 말을 신뢰해요. 저는 정말 나아졌으니까요. 괜찮은 삶을 살아갈 수 있다고 믿고 있습니다.

삶이 항상 수월하게만 흐르지 않을 것이라는 사실을 알아요. 하지만 이제는 조금 더 유연하게 대응할 수 있는 준비가 되어 있어요. 의사에게 상담을 받고 친구들과 이야기를 나누고 제 자신과 대화하며, 스스로를 돌보고 있죠. 새 일자리도 얻었습니다.

자신만 신경 쓰는 행위는 이기적이라고 치부해 왔지만, 그건 저에게 필요한 일이었어요. 진정한 치유가 되기 전까지는 타인을 위한 배려를 하는 것이 불가능할 테니까요. 당신이 우울증에서 벗어난 삶을 그릴 수 있길 바랍니다. 그리고 다른 사람들과 함께 삶을 살아갈 수 있길 바랍니다.

저는 매일 아침, 잠에서 깨어나길 고대해요. 밖으로 나가면 절로 미소가 지어져요. 하늘은 파랗고, 태양은 빛나고, 바람은 따스하게 와 닿아요. 정말 놀라운 삶이에요.

당신도 저처럼 언젠가 친구를 만나 환하게 웃고 싶어질 거예요. 당신의 웃음은 다른 사람들을 미소 짓게 만들 거예요. 안 좋은 날은 또 찾아오겠지만 괜찮은 날이 훨씬 더 많아질 거예요. 그동안 놓쳤던 일상의 소중함을 마침내 마주하게 될 거예요.

곤욕스러웠던 시간이 아주 오래전처럼 아득하게 느껴지네요. 마치 꿈을 꾼 것처럼 말이에요. 당신도 그럴 거예요. 과거가 미래를 앗아갈 순 없어요. 미래는 이제 당신 것이에요.

충만한 삶을 살기 위해
꼭 완벽하게
행복할 필요는 없어요.

한느

우울증은 정말 짜증스러운 것이죠. 나만큼 당신도 잘 알고 있겠네요.

육 년 전이었습니다. 처음에는 식사를 하기 힘들어지더니 점점 상태가 심각해졌어요. 결국 본격적인 섭식 장애가 시작되었지요. 섭식 장애에 이르기 전에 저에게 괜찮아질 것이라고 말해준 사람이 있었다면 좋았을 텐데…. 그 말을 믿지 않는다고 외칠지언정, 내심 고개를 끄덕이며 안정감을 찾을 수 있었을지도 모르겠네요.

제가 어두운 방에 영원히 갇혀 있을 것만 같았어요. 그 느낌에 완전히 사로잡혔죠. 밝은 곳을 찾아가기 위한 싸움을 할 여력이 없었어요. 집에 홀로 있는 시간이 많아졌습니다. 아주 가끔 파티에 끌려가서 다른 사람들을 만나면 차라리 혼자 시간을 보내는 편이 더 낫겠다는 생각이 들었죠. 사람들에게 둘러싸여 있을 때도 보이지 않는 벽이 느껴졌어요.

병원에 입원을 해서 치료를 받아도 제 감정을 추스를 수는 없었어요. 삶을 되찾을 방법이 보이지 않았으니까요.

자해를 하게 되었습니다. 그때 가족이 저로 인해 얼마나 큰 고통을 받고 있는지 알게 되었어요. 제 자신에게 가한 채찍질이었는데, 제 가족도 그 채찍질을 고스란히 맞고 있었습니다. 제 자신에게 흉터를 남기고 가족에게 상처를 입혔어요. 제 자신을 통제하려는 몸부림은 희망을 더 앗아갈 뿐이었어요. 변화가 필요하다는 사실을 절실하게 깨달았습니다.

인생의 전환점이 필요하다고 판단했어요. 가장 먼저 제 가슴속에 파묻힌 문젯거리를 떼어낼 방도를 찾기 시작했죠. 고통을 안에 가두지 않고 떠나보낼 수 있는 방법 말이에요. 글을 썼습니다. 책도 많이 읽었죠. 소설을 출간했어요. 이 작업에서 영감을 받고 동기를 얻어, 다른 책도 출간했죠. 어쩌다 보니 유튜브 채널도 운영하게 되었어요. 창의적인 아트 프로젝트 작업에도 참여했답니다. 정말 상상하지 못했던 일이 여기저기에서 일어났어요.

　매일 엄청난 일만 생기는 것은 아니에요. 하지만 매일 작은 일을 꾸준히 해나가고 있죠. 그중 하나가 일기예요. 일기를 쓰는 일은 습관이 되었고 지금까지도 계속 쓰고 있어요.

　항상 행복하기만 한 삶은 아니에요. 그래도 괜찮아요. 충만한 삶을 살기 위해 꼭 완벽하게 행복할 필요는 없어요. 그래도 자신을 받아들이고 자신의 모습이 꽤 괜찮다고 여기는 법을 배울 필요는 있어요. 당신의 삶을 받아들이기 위해 반드시 삶을 사랑하지 않아도 된다고 생각하는 것, 치유의 첫걸음이에요. 그저 자신을 사랑하는 법을 익히세요.

저에게
가장 효과적인
치료제는
시간이었어요.

이지

제 이야기가 도움이 되길 바라며 편지를 씁니다.

우울증은 기생충처럼 야금야금 저를 갉아먹었습니다.

참혹한 감정은 서서히 다가왔고, 서서히 빠져나갔어요.

제가 처음으로 해낸 일은 침대에서 일어나는 것이었어요. 그다음 날에는 옷을 입을 수 있었어요. 그리고 그다음 날에는… 움직일 수 없었습니다. 하지만 또다시 그다음 날에는 다시 일어나 옷을 입었어요.

수많은 약을 먹어야 했고 여러 번 병원에 입원하기도 했습니다. 심각한 증상을 겪는 동안 저와 똑같은 상황에 처한 사람은 없다고 생각했어요. 그래서 치유될 수 있다는 확신을 가질 수 없었습니다.

하지만⋯ 저는 나아졌습니다.

물론 여전히 견디기 힘든 날도 있습니다. 하지만 제 안의 어둠은 사라졌습니다. 이제 다시 살아갈 수 있게 되었어요.

저에게 가장 효과적인 치료제는 시간이었어요. 시간이 저를 병들게 만들었지만 또 시간이 저를 치유해 주었습니다.

어둠 속에서도 태양은 다시 떠올라요.

더
행복한 장소로
가는 길은
당신 안에 있어요.

오란

　　　당신이 우울증을 앓고 있다고 해서, 괜히 이 편
지에서 우울증을 좋게 포장할 생각은 없어요. 당신과 저 모
두 우울증의 어두운 면을 잘 알고 있으니까요. 그저 당신에
게 마음이 쓰입니다. 당신에게 손을 내밀고 당신을 꼭 껴안
아 주고 싶어서 이 편지를 썼어요. 힘든 삶을 버티고 있을 당신
이 애처로워요. 당신이 그렇게 느끼든 아니든, 당신을 정말
로 걱정하고 있습니다.

　　　저는 삶이 어디까지 추락할 수 있는지 알아요. 하지만

인간은 대단한 회복력을 가지고 있어요. 이 내적인 힘은 때로 가장 어두운 순간에만 발휘될 수 있지요.

제가 우울증을 겪을 때 고문을 받는 듯했어요. 우울증이 오기 전의 제 삶을 영원히 되찾을 수 없으리라 믿었어요. 계속해서 탈진과 두통, 가슴 통증, 불안, 불면증 등에 시달렸어요. 모든 일에 완전히 흥미를 잃었고 아주 간단한 일도 할 수 없었습니다. 자기비판과 취약한 집중력, 비관주의, 절망감에 시달렸어요. 제 인생의 모든 부분이 망가졌다고 해도 과언이 아니었습니다. 무슨 수를 써도 상황을 돌이킬 수 없다고 믿었어요.

이게 끝이 아니었어요.

제 자신을 끊임없이 비난했고 죄책감과 수치심에 사로잡히고 말았죠. 하루하루는 엉망진창이 되었습니다. 어느 날은 멈추지 않고 몇 시간씩 울기만 했고, 또 어느 날은 계속 하품만 했어요. 아침 일찍 일어나 새로운 하루를 마주하는 일이 너무 거북했습니다. 하루를 어떻게 버텨야 할지, 시간을 어떻게 채워야 할지, 고통을 어떻게 참아내야 할지 걱정스러웠어요. 일반적인 긴장 수준에서부터 극심한 공황 발작이 우려될 정도까지, 매일 불안 지수가 들쭉날쭉했습니다.

스스로를 지지해 줄 의지가 제 안에 전혀 남아 있지 않을 만큼 지쳤습니다. 다시는 일을 할 수 없다고 판단했죠. 그래서 실업자나 무일푼의 노숙자가 되지 않고 살아갈 방법에 관한 시나리오를 상상했어요. 이 같은 부정적인 생각은 저를 비참하고 처절하게 만들었어요. 다른 사람들이 저를 지긋지긋한 눈빛으로 바라볼 것이라고 지레짐작했습니다.

무엇보다 큰 문제는 커리어가 완전히 끝나버린 제 모습이 진짜 제 모습이라고 확신하는 것이었어요. 그저 오랫동안 다른 사람인 척하며 살아왔지만, 이토록 희망 없는 인생이 앞으로 살아가야 할 인생이라고 믿었습니다.

어떻게 해야 기분이 나아지는지 알 수 없었어요. 하지만 나아지고 싶었습니다. 오직 지금 순간을 중요시하기로 결심했어요. 매분, 매시간, 매일을 견뎌내려고 노력했어요. 치유의 단계로 올라서기까지 많은 시간과 휴식, 약이 필요했습니다. 이로써 저에게 일어난 일을 거시적으로 바라보고 받아들일 수 있게 되었어요. 하지만 오랫동안 '주요 우울 장애*'를 겪고 있는 제 모습에 대한 충격은 지속되었죠.

'어떻게, 왜, 어떻게, 왜 하필 나에게, 어떻게…'

---

* 지속되는 우울감, 죄책감, 절망감, 흥미나 쾌락의 저하, 수면 및 식욕 이상 따위를 특징으로 하는 정신 장애

하지만 저는 조금 더 나은 곳에 와 있습니다. 치유에 관한 블로그도 운영하고 있어요. 블로그에 비관주의를 딛고 우울증에서 치유된 경험을 밝혔죠. 그 후부터는 대부분 만족스럽고 편안한 하루하루를 보내고 있습니다. 다시 살아갈 수 있을 것 같은 기분이 들어요. 기력과 열정, 흥미를 되찾았고요. 다시 일터로 돌아가 일을 시작했어요.

저는 건강하게 일상을 보내기 위해 노력하고 있습니다. 치유 경험은 놀라운 긍정의 힘을 주었어요. 당신도 가치 있고, 즐겁고, 충만하게 인생을 살아갈 수 있어요. 평온하고, 흥미롭고, 안락하게 하루를 보낼 수 있어요. 타인과 가까워질 수 있어요. 사회생활을 즐길 수 있고, 자신과 자신의 삶 안에서 다시 행복해질 수 있어요.

우울증을 겪는 사람은 누구나 자신에게만 효과가 있는 치유 방법을 찾을 수 있습니다. 자신을 믿으세요. 우울증에서 빠져나올 당신만의 길을 찾으세요. 더 편안하고, 더 행복한 장소로 가는 길은 당신 안에 있어요.

활력을
되찾기까지
오랜 시간이
걸렸네요.

수잔

당신이 이 편지를 잘 읽고 있을지 모르겠네요. 제가 당신과 같은 상황에 처해 있었을 때, 저는 아무것도 읽을 수가 없었거든요. 저만 빼고 다른 모든 것이 빨리 움직였어요. 저 혼자만 오프라인 영역에 속해 있는 느낌이었는데, 마치 유리를 통해 세상을 들여다보는 것 같았죠.

제가 우울증에 걸린 줄도 몰랐어요. 우울증의 증상이 오직 우는 것뿐이라고 생각했거든요. 실제로 그런 사람도 있다고 해요. 하지만 제 우울증은 다른 방법으로 밀려들었어요. 제 안에 균열과 단절이 생겼어요.

가장 견디기 힘든 것은 제가 가장 좋아하는 일인 춤추는 방법을 잊어버린 거예요. 그날 밤을 기억해요. 평소처럼 일어나 몸을 풀고 제 스타일대로 움직이는데도 리듬을 맞출 수가 없었어요. 충격을 받거나 미칠 것 같지는 않았지만, 당황스러운 기분을 감추지 못한 채 집으로 돌아왔어요. 활력을 되찾기까지 오랜 시간이 걸렸네요. 하지만 저는 우울증에서 멀어졌어요.

이른 새벽에는 버스 정류장에서부터 집까지 달리기를 했고, 오후에는 서류 정리 작업에 몰두했어요. 아무 생각 없이 움직이는 만화 속 좀비처럼 단순한 일만 했어요. 아주 작은 불씨가 피어오를 때까지 말이에요. 작은 불씨가 자라 주위가 환해지더니, 다음 달에는 희뿌연 안개를 서서히 태우고 어둠을 저 멀리 날려 보냈어요. 유리 벽에 틈이 생겼고 마침내 굳게 닫힌 문이 허물어졌어요. 안개가 어디서 왔는지 알 수 없듯, 불씨가 어디서 날아왔는지 알 수 없어요. 하지만 불씨는 분명 거기, 존재했어요.

무슨 일이든 꾸준히 하는 것이 도움이 돼요. 당시에는 이 성실한 행위가 치유에 도움이 된다는 생각조차 하지 못했어요. 애초에 제가 치유되고 있는 줄도 몰랐으니까요. 그저 시간이 지나고 나서야 제가 치유되었다는 사실을 깨달았어요.

작은 불씨가 불길이 되고 불길이 색을 만들자, 다시 음악이 들려왔어요. 아직도 이상한 어둠의 순간을 별안간 경험하기도 하지만, 그저 잠깐 지하실에 들어갔다가 다시 올라와 지상에서 배를 타는 기분이에요.

공허와 공백이 생겼다는 사실은 결코 잊을 수 없어요. 그러나 공허와 공백 때문에 지금의 제가 있다는 것과 삶이 꽤 행복하다는 것을 더 잘 알게 되었어요. 치유는 느릿느릿 진행돼요. 매일 당신의 치유를 위해 기도할게요.

어제의 일을 후회하지 말고

오늘의 일을 기대하세요.

오늘의 절망이 아닌

내일의 희망에 매달리세요.

때가 되면
인생에도
변화가 일어나거든요.

제이크

제 소개부터 할게요. 이름은 제이크이고 마흔세 살이에요. 전기 기사로 일하고 있습니다. 결혼은 했고요. 조증과 의욕 과다 등 다양한 정신 질환을 앓았어요. 세계를 정복할 수 있을 것 같은 흥분부터 바깥세상과 단절된 이불 속에서 며칠씩 숨어 있고 싶은 불안까지, 정말이지… 여기까지만 말할게요. 지나치게 골치 아픈 희생자처럼 보이고 싶지 않으니까요.

지금은 싸우고 있지도 않고 치유 중에 있지도 않아요.

이백여 가지 정신병 중 하나의 이름으로 정의되고 싶지 않습니다. 기적적인 치유 방법이 있다고 주장하고 싶지도 않고요. 모든 것이 금세 다 좋아진다고 장담할 수 없어요. 아마 당신은 오늘 치유되지 않을 거예요. 다음 주 어쩌면 내년에도 치유되지 않을지도 모르는 일이고요. 하지만 이 상태가 영원히 지속되지 않을 것이라는 말은 해줄 수 있습니다. 그 어떤 것도 영원하지 않으니까요. 때가 되면 인생에도 변화가 일어나거든요.

'우리는 무엇인가'가 아니라 '우리는 누구인가'를 고민함으로써 우리는 자립할 수 있어요.

제가 여섯 살 때 갑자기 엄마가 돌아가셨어요. 비슷한 시기에 가장 친했던 학교 친구도 세상을 떠났죠. 상실감과 혼란에 빠진 저는 그때부터 몇 년간 계속 나락으로 떨어졌습니다. 열네 살 때 전과 기록을 갖게 되었고 점차 통제력을 잃었어요. 열아홉 살 때까지 삶보다 죽음을 더 많이 생각했어요. 왼쪽 손목을 그어 평생 남을 흉터를 남겼습니다. 저는 이 흉터를 수치스러워하거나 애써 감추려고 하지 않아요. 반대로 자랑스러워하지도 않아요. 많은 사람들이 정신적·신체적 흉터를 가지고 있잖아요. 흉터를 들여다보면 그 이면에 저마다의 이유가 있듯, 제 흉터도 마찬가지일 뿐이에요.

세상에서 일어나는 일을 항상 통제할 수 없어요. 하지만 그 일을 극복하기 위해 자신을 통제하려고 노력할 수는 있어요.

어느 순간부터 조울증이나 망상, 그 밖에 제가 앓고 있는 질병에 대해 더 이상 걱정하지 않게 되었습니다. 저는 고칠 수 없는 문제를 안고 있고, 그건 저의 통제 능력을 넘어서는 영역임을 깨달았거든요. 억지로 문제를 고치려는 노력을 멈추었습니다. 그때부터 저를 항상 따라다녔던 거부감이 조금씩 줄어든 것 같아요.

저는 숲으로 산책을 가기 시작했고 아침 일찍 일어나 아무도 없을 때 일출을 보러 나갔습니다. 왜 그렇게 되었는지, 어떻게 그렇게 되었는지 사실 정확하게 모르겠어요. 그러던 어느 날 산꼭대기에 올라가 보기로 했습니다. 예전에는 상상도 하지 못할 일이었죠. 마침내 정상에 올라 흡족한 마음이 밀려드는 그 순간에, 저의 등산 가이드였던 톰에게 제가 정신병력이 있다는 사실을 고백했습니다. 눈 하나 깜짝하지 않더군요. 그에게 제 정신 건강 문제는 전혀 중요하지 않던 거예요. 그에게 중요한 것은 제가 산에 오르고 싶어 한다는 사실과 어쨌거나 산을 올랐다는 사실이었죠. 그날 제가 깨달은 바는 때때로 우리의 문제는 우리가 허용하는 만큼만 중요성을 지닌다는 거예요.

저는 마음을 열었고, 제 정신병력에 대해서 더 많은 사람들과 이야기를 나누고 싶어졌어요. 그래서 페이스북에 글을 올리기 시작했죠. 그리고 웹 사이트에 등산과 우울증에 관한 글을 게재했는데, 이는 단편 영화를 만드는 작업으로 이어졌어요.

제 인생은 여전히 완벽하지 않고 저는 완전하게 고쳐지지 않았어요…. 지난주 새벽 세 시에는 공황 발작이 찾아왔어요. 구급차를 부르고 싶을 정도로 심각한 공황 발작이었죠. 이 역시 제 삶의 일부라는 사실을 받아들였어요. 하지만 그 사실이 제가 어떤 사람인지 나타내는 것은 아니에요. 저는 제이크예요. 그리고… 여전히 여기 살아 있어요.

폭풍우가 지나가길
기다리지만 말고
빗속에서도
춤추는 법을 배워야 해요.

빅토리아

무려 사 년 동안 정신 건강 문제를 겪었지만, 겨우 일 년 전에야 주위 사람에게 제대로 털어놓기 시작했어요. 부모님과 학교 선생님의 조언으로 상담 치료를 하는 데 동의했죠. 불행히도 기대했던 만큼의 효과를 보지는 못했지만, 지금은 그 어느 때보다 삶에 만족하고 있습니다.

며칠 전 저는 간단한 사실 하나를 깨달았습니다. 스스로를 돕는 일이 가장 훌륭한 약이라는 교훈을 얻은 것이에요. 저는 앞으로 십 년 어쩌면 이십 년 동안 계속 상담사를 만나면서 살아가야 할 운명일지도 몰라요. 하지만 제 두 발로 서는 법을 배우기 위해서는 필요한 일일 거예요. 제 삶을 바꿀 수 있는 힘은 오직 저만이 지니고 있으니까요.

마음의 병에서 치유되는 일은 마치 나비가 탄생하는 과정 같아요. 밀실 공포증을 불러일으킬 것 같은, 작고 어두운 고치 안에 갇혀 있던 애벌레는 껍질을 깨부수고 나서야 아름다운 나비로 성장할 수 있잖아요. 이처럼 마음의 병 역시 정면으로 맞서고 나서야 치유가 시작될 수 있어요. 지금은 험난한 과정을 거치고 있겠지만, 당신도 언젠가 높이 날아오를 수 있어요.

다음의 세 단어를 기억하세요.

자기 수용, 자립, 자기애.

정신 건강 문제는 '하늘에 떠 있는 구름'과 같다는 말이 있어요. 구름은 위협적인 폭풍우를 일으킬 때도 있지만, 존재한다는 사실조차 알아차리지 못할 만큼 그저 떠다니기만 할 때도 있어요. 하지만 하늘 어딘가에 여전히 구름은 남아 있죠. 구름은 오고 가고, 또 오고 가요…. 가끔 인생에 구름이 낀 날도 있어요. 그렇기 때문에 폭풍우가 지나가길 기다리지만 말고 빗속에서도 춤추는 법을 배워야 해요. 당신은 천둥이 치는 날을 보내고 있지만, 분명 해가 쨍쨍한 날이 올 거예요. 우울증을 포용하세요. 우울증은 그저 잠깐 스쳐 지나가는 삶의 일부일 뿐이에요.

자신을 내려놓지 마세요.

하고 싶은 일을 주저하지 마세요.

세계를 여행하세요.

새로운 사람을 만나고 새로운 시도를 하세요.

주위를 행복하게 만드세요.

치유의 길은 다사다난할 거예요. 하지만 빛을 찾아가야 해요. 희미하게 사그라지는 불빛일지라도 그 불빛을 쫓아가세요. 과거를 수용하고 미래를 향해 앞으로, 위로 나아가야 해요.

진부한 말처럼 들리겠지만 인생은 한 번뿐이에요. 삶을 살아가는 것과 그저 살아 있는 것은 아주 다른 차원의 이야기예요. 인생을 멋지게 만들 기회가 당신에게 주어졌어요. 그 기회를 최대한 이용해야 해요. 언젠가 인생을 되돌아보면, 일분일초가 너무나 소중하게 느껴질 거예요.

치유에 대한
압박감을
조금씩 내려놓기로
했어요.

앨런

　　이 편지를 쓰기 전에, 잠시 앉아 우울증이라는 비구름 아래에서 발버둥을 치고 있는 당신의 모습을 떠올려 보았습니다. 당신의 모습 위로 생각에 잠기거나 감정을 느낄 때조차 신체적 통증이 따르던 제 모습이 어른거렸습니다.

　　저는 제가 중요하게 여긴 모든 사람들과 모든 것들을 잃었습니다.

　　사업으로 인해 극심한 스트레스를 겪고 난 후, 저는 저 아래 고통의 늪으로 빠지고 말았습니다. 추악한 감정의 한

가운데로 빠졌습니다. 황폐해지고 고갈되었습니다. 통증에서 벗어나기 위해 계속 잠만 자고 싶었습니다. 하지만 거칠고 잔인한 저의 내면은 계속 저를 옭아매며 기민한 상태로 살아가게 했습니다. 제 인생에서 처음 느껴본, 외롭고 단절된 느낌이었습니다.

그 당시 제 마음은 고통밖에 담아내지 못했어요. 예민하게 서성거리는 유령 혹은 존재감이 없는 빈껍데기만 남은 인간이 되어가는 동안, 시간은 느려지고 흐릿해지다가 사라졌습니다. 영혼은 이미 죽었는데 몸만 남아서 제멋대로 혼자 돌아다니는 것 같았습니다. 살아 있는 상태가 아니라 그저 존재하는 무언가가 된 기분….

세상이 저를 냉혹한 싸움터에 가두고는 괴롭히고 있다고 생각했어요. 잔인한 상상은 위협적인 그림자에서 점차 선명한 모양새를 갖추더니, 제 생각의 문을 부수고 들어와 저를 핍박했고, 암울하고 깊숙한 곳으로 자꾸자꾸 몰아갔습니다. 제가 가진 온갖 무기를 동원해 항쟁했지만 잔인한 상상은 억척같이 저를 파고들었어요.

이상하게도 잔디 깎는 기계나 천장이 독을 가진 물체처럼 보였습니다. 두려움과 자기혐오로 제 자신을 일그러뜨린 거죠.

상상은 뒤섞이고 엉키며 지독하게 변질되었습니다. 죽음을… 떠올리게 된 것이죠. 죽음이 저는 물론 제가 사랑하는 사람들에게 자유를 선사해 줄 것처럼 보였습니다.

제 삶이 사랑하는 이들의 삶을 망가뜨린다는 생각이 더해져, 한층 더 고통스러운 감정을 느꼈고 숨이 막혔습니다. 제 삶을 끝내면 다른 사람들의 삶이 회복될 수 있다고 믿었습니다. 죽음을 생각하면 겁에 질리기도 했지만 한편으로 위안이 되기도 했죠. 자살에 관한 정보를 찾아보았고 종종 죽는 꿈도 꾸었습니다. 죽고 나면 더 이상 몰락하지 않을 테니, 죽음이 은총같이 느껴지기도 했습니다. 고통을 영원히 멈추게 하는 버튼을 누르고 싶다는 생각을 반복했어요.

다행히도 스스로 죽음을 선택하는 일이 일어나지 않았고, 이에 감사함을 느낍니다. 안 그랬다면 지금 이 편지를 쓰고 있지도 못했을 테고, 아이들이 자라는 모습도 볼 수 없었을 테니까요. 올해는 첫 손자가 태어났고 두 아이가 결혼을 했습니다. 제가 이토록 사랑하는 사람들의 미래를 불명예스럽게 만들고 어쩌면 망칠 뻔했다는 생각을 하면, 영혼이 갈기갈기 찢기는 기분이에요. 그저 이렇게 살아 있음에 감사합니다.

저는 처방받은 약을 먹고 난 직후, 심각한 부작용이 나타나 바로 약을 끊었어요. 대화 치료도 진행할 수 없는 상태였습니다. 대화에 집중하는 일에도 신체적 고통이 따랐고 파괴적인 생각만 계속 맴돌았기 때문에, 지속이 어려웠거든요. 그래서 제 치유는 아주 느리게 진전되었습니다. 대화를 나눌 수 있게 되고 어둠에서 빠져나올 길을 찾게 되기까지 상당한 시간이 필요했습니다. 치유에 대한 압박감을 조금씩 내려놓기로 했어요. 치유가 삶을 살아가기 위한 하나의 과정이라는 사실을 깨닫고 나자 마음의 긴장이 풀어졌습니다. 빛을 향해 작은 걸음을 내디딜 힘을 얻었습니다.

잠자는 동안 기차가 국경을 넘은 것처럼, 저도 모르는 사이에 인생의 전환점을 맞이하게 되었습니다. 자욱한 안개가 걷히고 있었고 희미한 새벽의 온기가 느껴졌습니다. 삶의 불꽃이 짜릿하게 튀었습니다. 어느 날 잠에서 깨어나면서 저는 이상하게도 그리고 설레게도, '존재하는 무언가'에서 '살아 있는 존재'로 한 번 더 경계를 넘어섰다는 사실을 알아차렸습니다. 변한 것이 아무것도 없는데 모든 것이 바뀌었어요. 너무나 신기했습니다. 아침에 일어났을 때 눈앞에 펼쳐진 풍경은 밝게 빛났고, 시야가 선명해졌습니다. 그동안의 생각과 감정은 제 것이 아니었다는 사실을 천천히 확인했습니다.

상황을 그저 한발 물러서서 바라보면 더 명확하게 파악되기도 합니다. 마음과 정신, 몸에서 일어나는 일도 마찬가지예요. 약간의 거리를 두고 스스로를 관찰하는 법을 배우면 오히려 자아를 찾을 수 있습니다. 자신을 탐구하고 정신 건강 회복을 위한 일과를 실천하다 보면, 때로는 혼란스러운 감정이 느껴지기도 합니다. 혼란을 막으려고 하기보다는 인지하는 것이 좋습니다.

오랫동안 고통을 감내한 용감한 나의 아내, 가족, 친구는 물론 자연, 식단 변화, 운동, 그리고 그 밖에 많은 요인이 긍정적인 영향을 끼쳤습니다. 여러 방법이 약간씩 도움을 주거나 혹은 한데 어우러져 정말 큰 도움을 주었습니다. 제 사업에도 급격한 변화가 생겼고 저는 여전히 배울 것이 많아서 흥분됩니다.

긍정적이고 능동적인 방식으로 대처할 수 있는 마음가짐에 당신이 가진 에너지를 집중시키세요. 최선을 다해서 부정적이고 수동적인 인식에 대항해 반대 방향으로 나아가세요. 또 지금 이 지점 혹은 앞으로 서게 될 어느 지점도, 당신이 영원히 머물 곳은 아니라는 걸 기억하시길 바랍니다. 그곳에서 버티다 모퉁이를 돌면 다가올 장면을 상상해 보는 것도 좋습니다. 딩신의 안녕을 기원하며….

오늘 하루,
아무것도
하지 못한 채 보내도
괜찮아요.

탤리아

슬픔과 괴로움이 흘러넘쳤던 그날,

발을 내딛는 걸음마다 유난히 힘겨웠던 그날,

억지로 음식을 삼키는 것이 고통스러웠던 그날,

타인의 말 한마디가 따갑게 느껴지던 그날….

편지를 읽고 있는 당신은 어떤 날을 보내고 있나요?

생각과 감정을 모조리 뺏겨버렸던 지난날이 기억나요.

아무것도 할 수 없는 상태에서 허우적대던 날이 셀 수도 없

이 많았어요.

오늘 하루, 아무것도 하지 못한 채 보내도 괜찮아요. 당신 잘못이 아닌걸요. 애초에 의지로 해결될 수 있는 문제가 아니었어요.

당신의 문제에 관심이 없는 사람 혹은 당신을 위할 마음이 없는 사람과 함께 있는 일은 곤욕스러울 거예요. 수많은 사람에게 둘러싸여 있어도 고립감을 느낄 테지요. 하지만 조금만 시선을 돌리면 당신에게 도움을 줄 수 있는 사람을 쉽게 찾을 수 있습니다. 안타깝게도 그 사람이 먼저 당신에게 손을 뻗을 수는 없어요. 당신과 당신을 사랑하는 사람을 연결시키는 인연의 끈은 당신이 쥐고 있어요. 그 끈을 던지는 데 다소 시간이 걸려도 괜찮습니다.

이 편지를 읽고 있는 지금, 안 좋은 시기는 이내 사라지고 좋은 시기가 분명 다시 찾아온다는 말을 되새겨 보세요.

어쩌면 우울증이 영원히 사라지지 않을지도 모릅니다. 무례한 손님처럼 머릿속을 제멋대로 드나들겠죠. 그래서 저는 우울증을 방지할 수 있는 방법을 탐색했어요. '기분 좋은 것은 붙잡아 두고 행복을 위협하는 것은 흘려보내는 전략'을 시도하기로 결정했죠. 꽤 효과가 있었어요.

또 자신을 아끼는 것도 중요해요. 몸은 당신의 삶을 살아가게 만드는 틀이 되어주고, 마음은 세상의 문을 열 수 있는 힘이 되어주어요. 가끔은 몸과 마음이 모두 불안정해지기도 하지만, 그 가치가 사라지지는 않아요.

저는 가끔 우울증을 낭만적으로 해석해 보았어요. 고통에 시달리는 제 영혼이 저에게 특별한 지위와 통찰력을 선사해 주었다고 말이에요. 우울증을 겪고 난 후 제 삶은 완전히 달라졌거든요. 이전에는 가지지 못했던 새로운 시야를 얻었어요. 우울증이 저를 성숙하게 만들어준 셈이에요. 단순하고도 평화로운 마음가짐이 비극적이고 절망스러운 마음가짐보다 훨씬 더 매력적이라는 사실을 깨닫게 되었습니다.

보물 같은 작은 행복은 당신의 주변 곳곳에 숨어 있어요. 행복은 손쉽게 얻을 수 있는 것이 아니지만, 당신은 반드시 찾아낼 거예요. 자기감정을 통제할 수 없을지라도 당신은 우울증을 인내할 만큼 충분히 단단한 사람이에요.

어린 시절의 꿈을 잊지 마세요. 건강을 되찾고 세계를 탐험해야죠. 행운을 빌어요.

우울증은

그냥 우울증일 뿐이에요.

우울증은 당신을

넘어뜨릴 수 있지만,

당신은 일어나서

우울증을 물리칠 수 있어요.

우울증은
아무리 노력해도
감추거나
부정할 수 없어요.

스티브

안녕하세요. 저는 늦은 저녁에 당신에게 편지를 쓰고 있어요. 꼭 해주고 싶은 이야기가 있거든요.

우울증은 아무리 노력해도 감추거나 부정할 수 없어요. 누구나, 그러니까 남자와 여자, 아이도 경험해요. 그러니 너무 외로워하지 말아요.

제 삶이 비참함이나 고민, 번뇌로 가득해서는 안 되듯, 당신의 삶도 마찬가지예요. 그러니 타인의 시선에서 사회적 낙인과 눈살이 찌푸려지는 폄하를 읽어내는 일을 그만두세요.

혼자서 고통받지 마세요. 오로지 남에게 좋은 이미지를 보여주기 위해 애쓰지 말기로 해요. '만약'은 그만, '하지만' 도 그만, '왜 하필 나는'도 그만…. 온전히 멈추세요.

마음의 짐을 내려놓고 자신을 아껴주세요. 당신 스스로 에게 도움의 손길을 건네보길 바라요.

모든 고통이
지나간다는 사실을
알고 있는 사람의 말을
경청하세요.

트레버

애지중지 키우던 햄스터를 잃고 잠시 슬픔에
잠겼다는 이유로, 우울감에 대해 다 안다는 듯 말하는 사람
과는 이야기하기 싫어요. 달리기를 하고 나면 활력이 되돌
아온다거나, 조금만 노력하면 자신을 추스를 수 있다고 말
하는 사람과도 마찬가지예요. 이들은 나쁜 의도를 지니지
않았다고 해도, 저에게 도움이 되기는커녕 화만 부추겼죠.
가만히 듣고 싶지도 않을 만큼 모욕적이었어요. 안타깝게도
세상에는 그런 사람으로 가득해요. 조금 나아진 날에는 그

사람의 말이 옳다고 느끼며, 고개를 끄덕거릴 수 있을지도 몰라요. 하지만 그렇지 않은 날이 더 많아요. 때로는 그저 무시할 필요도 있어요.

심각하게 우울해지는 것은 조금 슬픈 것과는 확연히 달라요. 아무것도 하고 싶지 않고, 침대 밖으로 나가기도 싫고, 수면 주기가 엉망이 된 탓에 밤새도록 시계만 쳐다보다가 다음 날이 되면 기진맥진해지죠. 폭식을 일삼거나 입맛을 잃게 되는 등의 섭식 장애를 겪기도 해요. 일상적으로 해온 기본 업무조차 처리하기 버겁고, 그 때문에 부정적인 마음은 점점 더 커져만 가죠. 즐거운 일이 사라지고 다시는 즐거움을 경험하지 못할 것이라는 생각이 들어요. 우울증은 그저 즐거움이 결여된 상태가 아니에요. 극심한 고통으로 가득한 상태라고 말할 수 있죠. 날이 선 칼로 영혼을 찌르고 비트는 느낌이랄까요….

전혀 희망이 보이지 않고 전부 포기하고 싶을 때, 두 가지만 기억하세요.

첫째, 당신에게 정말로 도움이 될 만한 일을 찾아야 해요.

전문가를 찾아가서 약을 처방받아 복용하세요. 항우울제가 효과를 발휘하려면 몇 주가 걸리긴 하지만, 꼭 약을 챙겨 먹이야 해요. 세 경우에는 저에게 맞는 약을 찾아 기대한 만큼의 효과를 얻는 데까지 수년이 걸렸어요.

건강한 음식을 먹고 규칙적인 생활을 하세요.

신선한 공기를 마시고 운동을 하고 일광욕을 하세요.

일상생활을 이어가세요.

말처럼 쉬운 일은 아니지만, 자꾸자꾸 가라앉는 당신을 붙잡을 수 있을 거예요. 심지어 기분을 띄워줄 수도 있죠.

사람들과 이야기를 나누세요. 외로움과 고립감, 소외감은 우울증이 만들어내는 최악의 감정이에요. 이야기를 나누다 보면, 당신 같은 사람들이 얼마나 많은지 알 수 있어요. 꽤 도움이 되는 지원군을 얻을 수 있는 셈이죠. 당신보다 심한 우울증을 앓는 사람이 얼마나 많은지 알게 되면, 아마 깜짝 놀랄걸요. 요즘은 인터넷을 통해서도 타인과 소통할 수 있어요. 과거에 비해 사람들과 대화하기가 훨씬 편해졌죠. 어마어마한 노력을 들여 의자에서 일어나지 않아도, 다양한 사람을 접할 수 있는 방법이 굉장히 많아요.

둘째, 이 모든 일은 지나간다는 사실을 기억해야 해요. 이건 가장 중요한 내용이에요. 과거에 우울증을 겪었다면 이번에는 더 쉽게 치유할 수 있을 거예요. 두 달이 걸릴 수도 있고 그보다 오래 걸릴 수도 있지만, 분명 다시 좋아질 거예요. 끝이 있다는 사실을 알면 괴로움을 견디기가 훨씬 수월

해요. 당신의 과거가 미래를 예견하는 것이죠.

우울증을 처음 겪는 사람이라면, 모든 고통이 지나간다는 사실을 알고 있는 사람의 말을 경청하세요. 큰 도움이 될 거예요.

그다지 나쁘지 않은 미래가 당신을 기다리고 있다고 믿으세요. 오랫동안 흑백이었던 세상은 한순간에 찬란한 색으로 빛날 거예요.

**좋은 일을
기대하고 있다면
좋은 일은
반드시 생겨나요.**

엘시

　저는 여러 번 우울증을 경험했고 최근에도 한
바탕 우울증을 앓았어요. 머릿속 뒤편에서 시커먼 지옥의
개가 다리 사이로 꼬리를 흔들어대고 있었습니다. 언제 튀
어나올지 알 수 없는 상태였죠. 밤마다 깊은 잠을 못 자는 방
식으로 우울증이 찾아왔어요. 복잡하고도 끔찍한 생각이 들
었습니다.
　'홀로 여행을 떠날 계획을 세웠는데, 만약 마데이라 섬
에 가지 못하게 되면 어떡하지? 새벽 네 시에 일어나 공항버

스를 탈 기력이 없는데…'

'안경테를 더 큰 것으로 바꾸었는데, 얼굴이 더 혐오스럽게 보이는 건 아니겠지? 나는 늙었고 추하게 생겼어. 이제 아무도 내가 매력적이라고 생각하지 않을 거야.'

지금 제가 행복하다는 말은 하지 않을게요. 그래도 저는 조금씩 나아지고 있습니다.

제가 당신에게 해주고 싶은 조언은 단순해요. 당신이 할 수 있는 일을 하세요. 하고 있는 일이 있다면 지속하길 바라요. 일을 쉬거나 퇴직해야 한다면 그것도 좋고요. 다른 활동을 선택하면 되니까요. 제 경우에는 침대에서 제가 좋아하는 라디오 프로그램을 들었어요. 가슴이 따뜻해지고 마음이 평온해지는 일이었죠. 무조건 새로운 일을 찾지 않아도 돼요. 하루하루 또 일주일을 살아가는 데 도움이 되는 익숙한 일상을 반복하는 것이 오히려 도움이 될 테니까요.

우울증을 겪을 때 저는 일부러 집에서 나와 다른 사람들과 함께 생활했어요. 말수도 줄었고 혼자 있을 때보다 편안하지도 않았어요. 제 모습은 날개 달린 나비가 아니라, 무거운 등딱지를 지고 터벅터벅 걷는 거북이 같았죠. 그래도 전혀 밖에 나가지 않는 것보다 거북이가 되는 편이 나았어요.

당신은 더 나은 삶을 살 가치가 있어요. 좋은 일을 기대하고 있다면 좋은 일은 반드시 생겨나요.

거울을 보며 스스로를 비난하던 저는, 그날로부터 팔 개월 후에 연상의 남자를 만나 가까운 사이가 되었어요. 따뜻하고 사랑스러운, 세상에서 가장 맛있는 딸기를 재배하는 남자예요.

제가
아름다운 사람이라는 사실을
왜 바보같이
의심했을까요.

피터

암울하고 텅 빈 세상 - 당신이 지금 있는 그곳 - 이
존재해요. 온통 깜깜한 데다 허공밖에 느껴지지 않는 그곳
에 저도 있었습니다. 그곳을 몇 번이나 들락거렸어요. 때로
는 몇 주, 때로는 몇 개월씩 머물러 있었어요.

그곳에서는 모든 것이 너무나 명확하게 다가왔습니다.
완전한 실패작인 나라는 존재, 무가치한 인생, 처음부터 거
짓이었거나 치명적인 흠집이 나버린 우정…. 이 모든 것이
다 확실해 보였습니다. 저의 천진난만한 아이들을 비롯해

소중한 가족들, 진정한 친구들을 향한 사랑, 새로운 날이 올 것이라는 기대, 지난날의 아름다움…. 이 모든 것은 더 이상 아무 힘도 발휘하지 못했습니다.

그런데 참 이상한 일이 일어났습니다. 이루 말할 수 없는 공허감 속에서 저의 심장이 뛰고 있다는 사실이 느껴졌어요. 그 순간, 제가 존재하고 있다는 확신이 스쳤습니다.

"그래, 이거였어!"

하지만 모든 공격을 방어해 주기에는 부족했습니다. 다시 주변과 단절된 텅 빈 세상에서, 가만히 앉아 아무것도 하지 않았어요.

의사가 제 기분을 물으면 정말 대답할 수 있는 말이 없었어요. 아무것도, 정말 아무것도 느끼지 못했으니까요. 질문을 건네는 의사도 제 상태를 모른다는 의미잖아요. 저를 도와주려는 사람에게조차 저의 세상이 - 이토록 생생하고 이토록 잔인한 - 보이지 않는다는 사실은 참담함을 안겨주었습니다. 다시 외진 곳에 우두커니 있게 되었어요.

더 이상은 견딜 수 없어 포기하려던 찰나… 한 줄기 빛, 생명감이 감도는 삶의 빛이 새어 들어오더니 저를 붙잡아 주었습니다. 저는 빛을 향해 손을 내밀었어요. 그리고는 제 자신을 일으켜 세웠습니다. 그리고 조금씩 나아갔습니다.

바스러져 물속에 가라앉기 전으로, 살아 있는 느낌이 충만했던 세상으로, 조금씩 나아갔습니다. 바닥이 보이지 않는 생명력 없는 대양에서 헤엄쳐 수면을 뚫고 올라갔습니다.

저는 이제 희망을 되찾았어요. 삶도 사랑도, 저만의 감각으로 보고 느낄 수 있게 되었어요. 저의 심장이 제 영혼을 달래주고 있어요. 제가 아름다운 사람이라는 사실을 왜 바보같이 의심했을까요. 제가 근사한 사랑을 하고 있었다는 사실, 자연이 경이롭다는 사실, 소중하고 가치 있는 것이 이렇게나 많다는 사실을 왜 이제껏 모르고 살았을까요. 제가 없는 제 인생은 의미가 없다는 사실을 왜 알아채지 못했을까요.

당신이 지금 있는 그곳, 한때 제가 있었던 그곳에 가보지 못한 이들이 가엾게 느껴집니다. 삶을 전부 잃었다가 되찾은 사람보다 삶의 진정한 가치를 알 수 있는 사람은 없을 테니까요.

**구덩이에 있다는
사실을 인지해야
빠져나갈 수 있는
방법을 찾을 수 있어요.**

키이스

무언가가 잘못되었다는 사실을 깨닫기까지는, 그리 오래 걸리지 않을 거예요. 하지만 이를 받아들이고 도움을 요청해 해결하기까지는 오랜 시간이 걸리죠. 처음에는 애써 무시하다가 이내 서서히 인지하게 돼요. 상황을 인지하고 나면, 해결 방법을 구할 수 있게 되고요.

이 편지를 읽는 당신은 지금 어느 지점에 있나요?

제가 느낀 대로 말하자면, 그곳은 구덩이 같았습니다.

마음대로 움직이지 않는 발을 이끌고 구덩이 가장자리

를 찾아 나섰어요. 빠져나가기 위해 필사적으로 팔을 허우적거렸어요. 손이 땅에 닿기도 했지만 다시 구덩이 속으로 곤두박질쳤어요. 축축한 바닥의 찬기가 옷 속까지 파고들었어요. 축축한 벽이 보였어요. 퀴퀴한 냄새가 났고 온통 끈적끈적한 무언가로 덮여 있었어요. 가끔 땅속 저 아래에서 물방울 떨어지는 소리만 들려왔어요….

저는 그곳에 꽤 오랜 시간 동안 있었습니다. 지금 당신이 그 구덩이 안에 있다면, 위를 올려다보세요. 그래야 꼭대기에 도달할 수 있거든요. 꼭대기가 너무 아득하게 느껴져 당장 올라가지 못할 수도 있어요. 그럴 때는 잠을 자도 괜찮아요. 잠이 정답은 아니지만, 그렇게 한숨 돌리고 나면 구덩이에서 빠져나갈 힘이 생겨요.

순간의 고통에서 벗어나기 위해 해로운 위안거리를 찾는 일은 사태를 더 나쁘게 만들 뿐이에요. 유혹의 손길이 다가오더라도 이를 거부해야 해요. 술을 멀리하세요. 담배를 피우지 말고 마약은 피하세요. 고통이 잠시 줄어들 수는 있지만 아주 잠깐일 뿐이에요. 더 큰 고통이 찾아올 거예요. 가벼운 운동이나 건강한 음식, 평온한 명상 등 일상 속 행복에 집중하길 바라요.

처음에 제가 한 말을 기억해요? 상황을 인지하고 나면

해결 방법을 구할 수 있게 된다고 했잖아요. 당신이 구덩이에 있다는 사실을 인지해야 빠져나갈 수 있는 방법을 찾을 수 있어요. 아무리 깊은 구덩이라도, 빠져나가다가 몇 번이고 떨어지더라도, 꼭대기가 아무리 멀리 있어도, 바닥이 무척 차가워도 당신은 충분히 이겨낼 수 있어요.

　부디 잘 지내요.

생각보다 행동을

먼저 해야 할 때가 있어요.

때로는 생각보다 행동이 쉬워요.

제 안에는
빛과 어둠이
공존하고 있었어요.

마이클

오래지 않은 과거에는 우울증 같은 병은 없다
고 믿었습니다. 모두가 슬퍼지는 병이라니, 변명거리일 뿐
이라며 비웃었어요. 삶을 제대로 살아가지 못하는 사람이
내뱉는 구차한 핑곗거리라고도 생각했습니다. 하지만 제가
틀렸어요. 우울증은 실재해요. 너무나 생생하게 존재하죠.
제가 분명 우울증을 경험했거든요.

몇 달 동안 저는 완전히 마비된 상태였어요. 매일매일이
버거웠습니다. 모든 일을 멈출 수밖에 없었죠. 글을 쓸 수 없

었고, 아이디어를 떠올릴 수조차 없었죠. 두려움과 불안감만 계속 머릿속을 맴돌았어요. 주변 사람과 소통할 수 없었어요. 심지어 사람들 주변에 있고 싶지도 않았죠.

'우울증과 싸운다'는 말은 잘못되었어요. 우울증은 이기거나 지는 게 아니니까요. 하지만 달리 생각해 보면 '우울증과 싸운다'는 말이 꼭 들어맞아요. 살아남는 게 이기는 것일 테니까요.

저는 살아남았습니다. 제 안의 깊숙한 곳으로 들어갔다가 그 깊은 어둠 속, 그러니까 모든 존재가 무의미하고 오로지 자기혐오밖에 남지 않은 그곳에서 빠져나왔어요. 그리고 돌아오는 여정 어딘가에서 우울증은 저의 일부라는 사실을 배웠습니다.

우연히 책을 읽게 되었는데, 우울증을 단순히 받아들이는 수준을 넘어 그 안에서 아름다움을 발견하는 내용이 적혀 있더군요.

"우울증에 걸린 것을 혐오하고 또다시 우울해지는 것을 혐오하는 대신, 나는 나의 우울증을 사랑하는 방법을 찾았다. 나의 우울증을 사랑한다. 기쁨을 찾아다니고 거기에 매달리게 해주는, 나의 우울증을 사랑한다. 매일매일 살아야 할 이유를 필사적으로 찾아내게 만드는 우울증. 이는 나만

이 누릴 수 있는 극도의 황홀감이 아닐까."

사랑하는 나의 우울증이라니, 세상에! 저도 우울증을 사랑한다고 말하고 싶지만, 저는 우울증을 사랑하지는 않아요. 심지어 좋아하지도 않아요. 하지만 저는 우울증을 받아들였어요. 그러자 제가 누구인지 알게 되었죠. 제 자신을 내밀하게 관찰할 수 있었습니다. 제 안에는 빛과 어둠이 공존하고 있었어요. 상반된 두 가지가 이상한 방식으로 한데 어우러져 있었습니다. 저는 매우 복합적인 사람이에요. 우리 모두가 그래요. 이 사실은 저를 조금 더 온전하게 만들어주기도 합니다.

다시는 우울증을 겪고 싶지 않지만 우울증은 반복되기도 해요. 이번에 우울증을 다시 겪으면서, 기묘하게도 제가 살아 있다는 느낌을 더 많이 받았어요. 우울증 때문에 제 내면에 더 많이 다가가게 된 것 같아요. 정말 중요한 일에 더 집중할 수 있게 되었어요. 성장한 기분이 들었습니다.

우울증에 대해 자유롭게 이야기하고 서로를 아껴주는 것이 우리가 할 수 있는 최선이 아닐까요? 주변 사람들을 잘 볼 수 있게, 서로가 서로를 지킬 수 있게, 다 같이 사랑할 수 있게 말이에요. 지나치게 순진한 낙관주의자의 진부한 이야기처럼 들릴 거예요. 하지만 그렇지 않아요. 우울증과 상관없이 진실한 이야기죠.

저는 지난 수년간 많은 사람들에게 제 우울증에 대해 털어놓았어요. 제 이야기를 듣던 사람들도 우울증을 겪었던 과거나 우울증을 겪고 있는 현재의 상황을 털어놓았습니다. 우리는 서로를 이해하고 배려했어요. 어떤 마음인지, 어떤 상태인지 누구보다 잘 아니까요.

우울증을 한 번도 경험하지 못했을지라도 당신을 이해하는 사람들은 얼마든지 있어요. 당신에게 "행복하세요, 인생을 즐겨요, 기운을 내요."라는 단순한 말은 별 소용이 없다는 사실을 아는 사람들과 당신이 차츰차츰 작아지고 있을 때조차 당신에게서 멀어지지 않고 계속 손을 내미는 사람들이 있어요. 그들에게 당신의 마음을 고백해도 좋아요. 우울증을 공유하는 일은 놀라울 만큼 큰 위로를 선사하거든요.

우리 모두는 고통을 짊어지고 있어요.

우리 모두는 슬픔을 안고 있어요.

우리 모두는 혼란스러운 때를 보내고 있어요.

우리 모두는 힘겹게 싸우고 있어요.

저는 우울증을 통해 조금 더 섬세해졌습니다. 타인의 고통에 민감해지고 타인의 삶에 관심을 기울이면서, 제가 점점 더 인간적인 사람이 되어가는 것 같았어요. 세상과 가까이 연결되는 유대감을 느꼈어요. 그동안은 세상과 동떨어진 적막감만 느꼈는데 말이에요. 제가 적막감의 정반대 감정인 유대감을 느끼게 되다니, 정말 기적 같은 일이에요. 우울증에서 비롯된 극한의 외로움 속에서 타인을 향한 애정이 솟아날 수 있다는 사실을 당신도 알게 되길 바랍니다.

**고통의 크기와 상관없이,
고통은 눈에 보이지 않는다는
사실을 알게 되었어요.**

존 A

제 이름은 존이고 목수예요. 아내와 두 아이가 있죠. 저는 이 년 전에 우울증을 겪었어요. 얼마나 지속되었는지는, 사실 잘 모르겠습니다. 아마 이 년 정도일 것이라고 추측할 뿐이에요. 제가 많이 아팠다는 사실을 늦게 깨달았거든요.

치유되기 위해서는 당연히 시간이 필요합니다. 많은 노력도 필요하고요. 왜냐하면 치유되는 동안 조금 더 행복해진 기분이 들다가도, 극심한 우울증에 시달리기도 하거든요. 그 시간을 돌이켜 생각하면… 그다지 기억나는 일이 없습니다. 시간이 연기처럼 사라진 것 같아요. 하지만 이제 매일 밤 아이들을 보면서, 삶은 곧 축복이라는 사실을 느낍니다. 다시 일을 즐기고 있고 하루도 빠짐없이 아내와 함께 웃고 있습니다. 모든 게 달라졌죠.

예전에는 다른 사람들이 제 고통을 볼 수 없다는 사실에 답답함을 느꼈습니다. 저는 견디기 힘들 만큼 큰 고통을 온몸으로 감내하고 있었는데 말이에요. 하지만 고통의 크기와 상관없이, 고통은 눈에 보이지 않는다는 사실을 알게 되었어요. 그러니 고통에 대해 먼저 이야기해야 합니다. 말할 수 있는 사람이 의사나 자살 예방 단체밖에 없더라도 꼭 말해야 해요.

저는 먼저 의사에게 찾아갔고, 다음에는 단체 인지 행동 치료 과정에 참여했습니다. 처음에는 사람들과 함께 있는 상황이 너무 불편했어요. 그래서 일대일 인지 행동 치료 과정으로 바꾸고 항우울제를 복용했습니다. 모두 효과가 있었어요. 저는 여전히 항우울제를 복용하고 있습니다. 작년부터는 단체 인지 행동 치료 과정에 참여하고 있고요. 언젠가는 항우울제를 끊을 수 있는 날이 오겠죠.

하지만 지금 상태로도 저는 행복합니다. 당신을 생각하

며 편지를 쓸 수 있어서 행복하고, 저의 애정 어린 마음을 보낼 수 있어서 행복해요.

당신은 나쁜 사람도 아니고 문제 있는 사람도 아니에요. 그저 아픈 사람일 뿐이에요. 당신의 손을 잡아줄게요. 제가 당신과 함께 걸어갈게요.

세상에는
당신과 저처럼
넘어질 수 있는 사람들이
무척 많아요.

팀

가까운 사람이 저에게 "너에게는 좋은 점이 참 많아."라고 말했죠. 제 정체를 들킬까 봐 긴장되었어요. 저는 마치 비밀을 감추고 있는 사람처럼 살았어요.

'내가 어떤 사람인지 알면 기겁할지도 몰라…'

그렇게 제 마음은 소진되었고 가라앉았어요. 즐거움이 사라졌죠. 무채색의 존재가 되고 스스로에게 넌더리가 났어요. 때로는 이 모든 것을 끝내버릴 수 있는 용기가 있었으면 좋겠다는 생각이 들었어요. 제가 존재하지 않는다고 할지라

도, 아무것도 달라지지 않을뿐더러 스스로 가치 있는 사람
이 아니라는 상념에 잠겨 있었거든요.

당신이 지금 느끼는 감정과 생각은 진짜 당신의 것이 아
니에요. 그냥 증상일 뿐이에요. 당신은 나약하지 않아요. 당
신 잘못은 하나도 없어요. 나이, 성별, 지위에 상관없이, 우
울증은 찾아와요.

우울증을 위한 치료법이 있어요. 제발 의사와 이야기하
세요. 혹은 가족, 친구, 상담사 등 당신을 동정의 눈길로만
쳐다보지 않는 누군가와 이야기하세요. 그 시간은 도움이
될 거예요.

저는 삼 년 전에 도움을 구했고, 지금은 치유의 길을 걷
고 있어요. 그저 살아남은 게 아니라 그저 존재하는 게 아니
라, 다시 살아가기 시작했어요. 종종 힘겨운 날도 있지만 저
를 위해 싸울 가치가 있다고 생각해요. 당신도 마찬가지예요.
삶은 당신을 위한 것이 될 거예요. 당신은 유일하고 소중한
사람이에요. 세상에는 당신과 저처럼 넘어질 수 있는 사람들
이 무척 많아요. 게다가 다들 아름다운 사람들이죠. 세상에서
버티세요. 부디, 당신의 세상에서 버티세요.

작은 빛의 조각을
발견한다면,
당신의 주머니에 넣고
소중히 아껴주세요.

램

제 말이 누군가에게 도움이 될 수 있길 바라며, 이른 아침에 이 편지를 쓰고 있습니다. 저는 종종 제 마음을 다른 이의 마음과 바꾸고 싶습니다. 오염되고 찌그러진 제 마음을 티끌 한 점 없이 맑고 가지런한 마음과 바꾸고 싶습니다. 하지만 제 마음을 다른 마음으로 바꿀 수는 없겠죠. 제 안에도 좋은 구석이 있을 겁니다. 곰팡이 핀 쓰레기 더미에서도 씨가 퐁퐁 솟아나는 것처럼 말이에요. 제 머릿속을 가득 채운 정신적 쓰레기 더미를 치우기 위해 노트에 글을 쓰기 시작했습니다. 스케치나 그림을 그려 넣기도 합니다. 노트는 크기가 작아서 쉽게 휴대할 수 있어요. 매일 들고 다니며, 새 페이지를 펼친 다음 제가 그날 성취한 일을 쓰고 있습니다.

'아이에게 책을 읽어주었다.'

'식물에 물을 주었다.'

'그림을 그렸다.'

'우체국에 갔다.'

이 작은 순간을 적는 행위가 제 하루를 완성합니다. 이를 통해 제가 누구인지 알 수 있습니다. 그리고 어디로 가야 하는지도 알려주더군요. 성취하고 싶은 일이나 하고 싶은 일을 떠올리게 만들기도 합니다.

때로 글을 쓰는 일을 잊기도 하고 노트를 어디에 두었는지 찾지 못할 때도 있습니다. 그럴 때마다 마음으로 글을 써요. 오늘 성취한 일을 마음속으로 떠올리는 것이지요. 부정적이고 진실하지 않은 상념 -내가 쓸모없는 존재라는- 을 쫓아내는 데 무척 효과적입니다.

독서나 호흡 조절, 글쓰기, 그리기, 노래 부르기 혹은 찻잔과 케이크 한 조각을 앞에 두고 친구와 나누는 대화…. 이 모든 일은 당신의 생각을 다른 곳으로 돌리는 데 도움이 될 거예요. 또 갖은 공격에 시달리는 당신을 지킬 수도 있고요. 자신을 탓하며 나무라는 습관을 고쳐야 해요. 어느 누구도 가혹한 정신적 학대를 오래도록 감당할 재간은 없을 겁니다. 마음속 잔인한 목소리를 잠재우고 대신에 자신의 친구가 되어주길 바랍니다. 자신을 아끼는 일이 가장 중요해요.

우울의 방 안에 앉아 밖을 내다보았습니다. 초원을 향해 걸어가 잔디 위에 누워서 하늘을 올려다보고, 구름 모양과 별자리를 관찰하고, 하늘을 나는 새를 보았습니다….

자신이 허락하기만 한다면 삶은 더 나아질 수 있습니다.

하루하루가 깨끗한 새 캔버스라고 생각해 보세요. 불행과 우울, 절망이 뒤섞인 낡고 어두운 그림이 아니라 화사하고도 명랑한 그림으로 당신의 하루를 채우길 바랍니다. 지금은 회색과 검은색으로 점철된 암울한 그림자밖에 남아 있지 않다는 생각이 들겠지만, 당신의 그림을 채울 다양한 색은 여기저기에 있습니다. 매일매일은 수많은 빛과 색으로 가득하기 때문이에요. 밝은 황갈색도 있고, 강렬한 빨간색도 조금은 있어요. 친근하고 따뜻한 무지갯빛 색깔이 우리 모두를 비출 겁니다. 다양한 색깔이 당신을 더 밝은 곳으로 인도하고 또 다른 그림을 그리도록 안내할 것입니다. 그 그림은 마치 오랜 친구처럼 영감과 위안을 주며, 진한 울림을 선사할 거예요.

　그늘 아래에서 잠들어 있는 빛을 찾아보세요. 빛은 분명
있을 것입니다. 만약 작은 빛의 조각을 발견한다면, 당신의
주머니에 넣고 소중히 아껴주세요.

**멈춰 서서,
제 안에 가득한 짐을
옮길 곳을
찾기로 했어요.**

애니

자살은 자발적 선택이 아니에요. 감정적 고통을 감내할 역량이 부족할 때 일어나는 일이에요. 비닐봉지에 물건을 너무 많이 담으면 찢어지는 현상과 비슷한 것이죠. 무거운 물건으로 가득하거나 짐이 너무 많은 공간을 차지하면, 비닐봉지가 견디지 못하는 것처럼 말이에요. 모든 물건을 한곳에 다 욱여넣은 채로 계속 걸어갈 수는 없어요. 일부를 덜어내거나 전체를 다른 곳에 옮겨야 해요. 일 분 혹은 한 시간쯤 누군가가 도와주면 좋을 텐데….

146

이 편지를 읽는 몇 분 동안 제가 당신의 짐을 덜어주는 사람이 될 수 있다면 좋겠네요.

치유 방식은 단연 사람들마다 달라요. 저는 가장 먼저 가족을 학대자로 몰아가는 일을 그만두었습니다. 실제로 가족은 저를 학대하지 않았으니까요. 그러자 엉망이었던 어린 시절이 애석해지기 시작했어요. 저는 상담 치료를 받으러 다녔고, 자살 예방 센터에 전화를 걸어 이야기를 나누었습니다. 스스로에게 조금 더 친절을 베풀면서 자립해 나갔어요. 상처받은 저는 연민을 필요로 했던 거예요. 온 마음을 다해, 제가 저를 아껴주었습니다.

그러다 자살 충동이 비이성적이지 않으며 극복할 수 없는 것도 아니라고 믿는, 어느 상담사를 만났습니다. 그녀로 인해 자살 충동은 제 머릿속에서 잘못 울린 알람이며, 제 마음 한구석에 있는 가방이 곧 터질지도 모른다는 경고임을 배웠어요. 멈춰 서서, 제 안에 가득한 짐을 옮길 곳을 찾기로 했어요.

오 분 혹은 한 시간을 버텨내는 것이 제가 할 수 있는 전부인 날도 있습니다. 하지만 그 시간들이 모여 하루가 되고, 그 하루가 모여 몇 주, 몇 개월이 될 거예요. 오늘은 살아 있는 것만으로도 괜찮습니다.

우울증을 이겨내는 일은 힘들어요.

이토록 짊어지기 버거운 감정의 짐을 당신만 짊어지고 있는 상황은 전혀 공평하지 않아요. 아무도 그럴 필요가 없는데, 당신만 지리멸렬한 치유 과정을 거쳐야 한다는 사실 역시 공평하지 않아요. 하지만… 당신은 이겨낼 수 있어요. 그저 하루하루 참아내는 게 아니라 삶을 기쁨으로 채울 수 있어요.

마음 한구석에서 치유될 수 있다는 사실을 믿고 있을 거예요. 그게 당신이 계속 이 편지를 읽고 있는 이유이기도 하고요. 당신은 치유의 끝을 향해 가고 있어요. 도착 지점이 다가오고 있어요. 버티세요. 당신은 소중하니까요. 버텨내세요.

당신의 과거는

현재가 아니며,

당신의 현재는

미래가 아니에요.

우울증은 빛을 한 번도 본 적 없다고
믿게 만들어요.
하지만 빛은 다시 찾아와요.
빛은 항상 거기 있어요.

앨리슨

이 편지 속에 '전형적인' 우울증 이야기는 없어요. 당신도 마찬가지일 거예요. 우울증에는 한 가지 증상만 존재하는 것이 아닌 데다, 생각과 감정이 동일한 사람은 없을 테니까요. 그렇다고 해서 당신의 이야기 혹은 저의 이야기가 별것 아니라는 뜻은 아닙니다.

삶을 끝내고 싶은 충동이 일었습니다. 제 인생은 거의 시작도 하지 않았을 때였죠. 우울감과 불안감을 느끼지 않은 시간보다, 우울감과 불안감을 느끼며 살아온 시간이 훨씬 더 길었어요. 트라우마나 특별한 사건이 있었던 것은 아니에요. 적응하기 어려운 변화를 겪은 것도 아니었고요. 우울증은 소리 없이 다가와 저를 장악했고, 삶을 모조리 바꾸었습니다. 우울증은 자신은 물론 타인에 대한 인식까지 변질시킵니다. 우울증은 가족, 친구, 세상과의 관계에 한계선을 그어버리더니 저를 앗아갔어요.

저는 스스로 부족한 것이 없다고 생각했습니다. 그래서 수년 동안 제 감정을 감추었어요. 제가 느끼는 감정을 도무지 정의할 수 없었습니다.

뿐만 아니라 저는 도움이나 지원을 받을 대상이 아니라고 생각했어요. 좋은 배경을 타고난 어린 여자아이가 가진 것이 없는 사람들이 받아야 할 지원을 가로채고 있다고 손가락질 받을까 봐 걱정했죠. '감상적인 애정 결핍 환자' 취급을 받을까 봐 두려웠어요. 저는 스스로 도움을 받을 만한 자격이 없다고 되뇌었습니다. 아니, 억지로 현실을 외면했습니다. 그렇게 절망적인 슬픔 속에서 몇 년을 허비했습니다.

하지만 도움을 받아야 한다는 사실을 뒤늦게 알게 되었어요. 당신도 도움을 받아야 해요. 당신은 얼마든지 부정적인 감정을 느낄 수 있어요. 감정의 원인을 파악하는 일은 중요하지 않습니다. 그보다 스스로 도움을 받을 가치가 있다는 사실을 인지하는 일이 중요해요. 저는 제 마음을 표현하기까지 거의 십오 년이라는 세월이 걸렸어요. 오래도록 숨겨온 것이 후회스러워요.

우울증에 빠진 이들의 세상에는 온통 어둠이 드리워져 있을 거예요. 이전에 존재했던 빛은 아주 조금씩 희미해지다가 결국에는 어둠에 잠식되죠. 어둠이 때로는 서서히, 때로는 단번에 당신을 모두 조각낼지도 모릅니다. 빛이 무엇이었는지 까맣게 잊어버리게 되는 것이죠. 우울증은 빛을 한 번도 본 적 없다고 믿게 만들어요. 하지만 빛은 다시 찾아와요. 빛은 항상 거기 있어요.

저는 삶을 송두리째 잃은 줄 알았어요. 삶을 어떻게 되찾아야 할지 알 수 없었죠. 다른 사람을 위해서라도 저 혼자서 이겨내야 한다고 생각했어요. 나를 사랑해 줄 사람은 없다고 믿었으니까요. 하지만 그 순간에도 누군가는 제 손을 잡으며 제가 사랑받고 있다고 말해주었어요.

저도 당신에게 말해주고 싶어요. 당신은 사랑받을 자격이 있는 사람이에요. 당장은 느낄 수 없을지라도 당신은 주위 사람에게 사랑받고 있어요. 사랑은 분명 그곳에 있고, 항상 그곳에 있을 거예요. 사랑을 듣고 느낄 수 있는 날이 되면, 다시 가슴이 벅차오를 거예요. 그리고 사랑을 의심하지 않는 법을 천천히 배워나갈 수 있어요.

저에게도 큰 도움이 되었듯, 로버트 프로스트의 글이 당신에게 도움이 될 것 같군요.

"살면서 내가 배운 전부는 이 말로 요약된다, 삶은 계속된다."

당신에게 힘과 사랑이 깃들기를, 어둠을 헤쳐 나가는 당신의 길에 빛이 퍼지기를….

침대 밖으로
나오고 싶지 않은 기분을
이해해요.

케네디

침대 밖으로 나오고 싶지 않은 기분을 이해해요.

그 어떤 이야기도 나누고 싶지 않겠죠.

사는 것이 시간 낭비처럼 느껴질 거예요.

하지만 언젠가 치유될 수 있다는 이야기를 해줄게요.

당신은 무엇이든 극복할 수 있는 사람이니까요.

언젠가는 구름 낀 하늘이 푸르러질 거예요.

그 사이로 햇빛이 비출 거예요.

그때가 되면 당신의 모든 아름다움을 만나게 될 거예요.

포기하지만 마세요.

저는 포기하지 않았고 당신도 그러길 바라요.

흉터는 당신이 강인하다는 증거라는 점을, 우리 같이 기억해요.

**제가 특별해서
치유된 것이 아니에요.
당신도
치유될 수 있어요.**

나타샤 B

만성적 우울증을 겪으면서도 치료 저항 환자였던 저는 이 편지를 통해서, 고통에는 또 다른 면이 있다는 말을 당신에게 해주고 싶습니다. 지금 당장은 제 말이 이해되지 않겠지만 꼭 알려주고 싶습니다.

우울증이 날카롭고 매섭게 당신을 집어삼킬 때는 모든 것이 불가능하다고 느껴질 거예요. 질척거리고 끈적끈적한 곳으로 곤두박질치는 기분이겠죠. 인생은 허물어지고 이를 잠자코 바라보는 것 외에는 아무것도 할 수 없어, 맥이 빠지기도 합니다. 정말 아무것도 할 수 없는 지경에 이르러요.

'샤워하기 싫다, 옷을 갈아입기도 귀찮다, 제대로 된 음식을 먹은 기억이 흐릿하다, 몸의 세포 하나하나가 고통으로 인식된다, 계획은 물거품으로 돌아갈 것이라는 생각만 맴돈다, 약을 복용해도 부작용만 생길 뿐 조금도 나아지지 않는다, 나 자신을 사랑하지 않는다, 고통에서 헤어날 방법이 없다…'

우울증 때문에 망가진 일상을 고치고 싶었지만, 이는 손바닥으로 물을 잡으려는 시도에 불과하다는 생각에 좌절하고 있었습니다. 결국 상처투성이가 되었죠.

하지만 이게 제 편지의 전부는 아니에요. 아주 작은 변화가 생기기 시작했거든요. 정말 작은 변화요.

'거울에 비친 내 모습을 지그시 바라볼 수 있게 되었다, 며칠 동안 아이스크림만 먹다가 어느 날 나 자신을 위해 그릴드 토마토 치즈 샌드위치를 만들었다, 침대 밖을 벗어나 창문을 활짝 열었다, 천천히 심호흡을 하면서 오랫동안 짓눌려 있던 고통의 일부를 조금 덜어냈다…'

꾸불꾸불하게 나 있는 치유의 길을 걷다 보면, 가파른 언덕길이나 낭떠러지처럼 아찔한 길을 마주하게 되고 위험한 커브 길도 만나게 되죠. 하지만 도착점에는 치유된 당신이 기다리고 있어요. 물론 쉬운 일은 아니에요. 한 번에 아주 작은 한 걸음만 내디뎌야 할 테니까요. 하지만 도착할 수 있을 거예요.

상담사를 찾아가 계속 이야기해 보는 것은 어때요? 용기가 나지 않는다면, 다른 치료 방법을 시도해 보세요. 당신만의 치료 계획을 세우고 차근차근 실행하세요. 건강한 생활 패턴을 만들어 이를 유지하세요.

때로는 어떤 방법을 써도 효과가 없다는 고심에 빠질 거예요. 하지만 시간이 쌓이면 그 방법은 분명 효과를 발휘할 것입니다. 효과가 나타나기까지 기다리는 시간은 극도로 고통스럽겠지만, 활력을 찾기 위해 버텨야 할 과정이에요. 고통을 지나 치유를 경험하고 나면, 그동안의 시간이 가치 있게 다가올 거예요.

제가 특별해서 치유된 것이 아니에요. 당신도 치유될 수 있어요. 당신은 그저 또 다른 곳이 있다고, 당신도 그곳에 도달할 수 있다고 믿기만 하면 돼요. 쉽다고 단정 지을 수는 없지만 충분히 해낼 수 있는 일이에요.

사람들이
'산후 우울증'을
흔한 증상이라고
말했을 거예요.

케이티

이 편지를 쓰고 있는 저는 당신을 이해해요.

사람들이 '산후 우울증'을 흔한 증상이라고 말했을 거예요. 하지만 지금 당신은 산후 우울증이 무엇인지, 도대체 문제의 원인이 무엇인지 의문이 들 거예요. 또 '아이를 가지는 것' 자체가 좋은 생각이었는지 의구심이 들기도 할 거예요.

맨 처음 제가 산후 우울증을 앓고 있다는 사실을 알았을 때, 어찌할 바를 몰랐어요. 도움을 요청하기까지 무려 구 개월이 걸렸습니다. 맞아요, 너무 긴 시간이었죠. 첫아이였고 아이가 생기면 상황이 달라질 것이라 예상했기에, 제가 느끼는 감정이 정상적이라고 생각했어요. 분노, 실망감, 부담감, 무력감을 엄마가 되면 으레 느끼는 감정으로 치부했어요. 제 자신이 혐오스러웠습니다.

저는 좋은 옷을 잘 갖추어 입는 편이었어요. 하지만 어느 날부터 '엄마'라는 사람이 입어야 할 옷을 사려고 애쓰는, 낯선 제 모습을 발견하게 되었습니다. 유행에 뒤떨어지고 능력 없는 사람이 된 기분이 들었어요. 제가 가장 사랑하는 사람들에게, 그러니까 남편과 엄마에게 퉁명스러운 말을 쏘아붙였습니다. 저와 제 아들에 대해 아무것도 모른다고 소리쳤어요. 사실은… 더 심한 말도 했어요. 그들에게 심각한 언어폭력을 행하고 말았습니다.

저는 남편과 아이를 너무 사랑하지만, 스스로 좋은 아내나 좋은 엄마가 아니라고 정의했어요. 제가 실패자라고 믿었어요. 제 모습이 무척 혐오스러웠는데, 전부 엄마가 되었기 때문이라고 여겼습니다.

어느 날 남편이 부드러운 어투로 병원에 가서 치료를 받길 권유했습니다. 당시 저는 너무 약해진 상태였고, 제 자신과의 싸움으로 인해 만신창이가 되어 있었어요. 다음 날 아침, 저는 병원에 전화를 걸었고 그날 바로 의사를 만나러 갔습니다. 산후 우울증과 불안 장애를 앓고 있다는 진단을 받았어요. 진단과 처방을 받고 모든 것이 마법처럼 금세 나아졌다고 말할 수 있으면 좋겠지만, 그렇지는 않았습니다. 우울증에 빠지는 일은 순식간에 벌어지지만 우울증으로부터 벗어나는 일은 어마어마한 의지와 노력이 필요하거든요. 매일매일 힘겹게 노력해야 했습니다.

그로부터 이 년이 흐른 후, 남편과 저는 둘째 아이를 갖기로 결정했어요. 산후에 제 뇌에서 벌어질지도 모를 일에 대해 더 철저하게 대비했죠. 하지만 임신 중에 우울증이 시작되었습니다. 의사가 임신 중에는 약물 치료를 중단하는 편이 좋겠다고 말해, 약을 먹지 않았거든요. 저는 산전 우울증으로 고통스러웠고, 다시 항우울제를 복용하며 추가 치료를 받았습니다. 다행히 다시 안정을 되찾을 수 있었어요.

둘째 아이가 태어나고 나면, 산후 우울증을 겪지 않을 것이라고 생각했습니다. 하지만 우울증은 또다시 추한 얼굴을 내밀며 제 안으로 들이닥쳤어요. 다시 저를 구덩이로 밀어 넣었죠. 이번에는 의사와 지원팀이 제 곁에 있었습니다. 우리는 이를 대응할 만반의 준비가 되어 있었죠.

저는 즉시 정신과 진찰을 받았어요. 의사는 제가 첫아이 출산과 그 전에 겪었던 유산으로 인한, 산후 강박 장애와 산후 트라우마 및 스트레스 장애를 앓고 있다고 했습니다. 산후 우울증을 이미 한 번 경험했기 때문에 제가 바닥까지 떨어지기 전에 저를 붙잡을 수 있었어요. 약을 바꾸었고, 상담사와 함께 새로운 전략을 세웠으며, 대응 메커니즘을 만들었어요. 저는 남편과 의사, 지원팀에게 모든 것을 공유하며 소통을 이어나갔습니다.

그로부터 다시 일 년 반이 흐른 후에 셋째 딸을 얻었습니다. 이번에는 우울증의 구덩이에 떨어지지 않았어요. 다 치료되었다고 자신 있게 말할 수는 없어요. 그건 전혀 사실이 아니기 때문이에요. 저는 아직 약을 복용하고 있고, 한 달에 한 번씩 치료 전문가를 만나러 가요.

아직도 제 주위에 있는 구덩이가 보여요. 언제든 구덩이에 쉽게 떨어질 수 있다는 사실을 알아요. 맞아요, 구덩이로 가득한 삶을 살고 있는 셈이죠. 그중 어떤 구덩이는 다른 것보다 훨씬 더 깊어요. 어떤 구덩이는 아주 넓어서 도저히 피해 갈 수 없죠. 그럴 때는 그저 통과하는 수밖에 없습니다. 하지만 저 혼자만 가슴앓이하며 버티지 않아도 돼요. 제가 길을 찾을 수 있도록 도와주는 많은 사람에게 의지할 수 있거든요. 가족, 친구, 의사 모두가 저를 지켜주고 있어요.

당신이 보여요. 깊은 구덩이 안에 있군요. 하지만 그곳은 당신이 영원히 지낼 공간이 아니에요. 빠져나오려고 혼자 발버둥 치지 않아도 돼요. 저 바깥에 있는 사람들이 당신에게 기꺼이 밧줄을 던지거나, 당신이 있는 곳으로 기어들어가 당신을 들어 올려줄 거예요. 저도 그 사람들 중 한 명이에요. 용기를 내 뛰어오르세요.

우리가 당신 말을
들어줄게요.
우리가 당신을
이해해 줄게요.

B. L. 에이커

지금 당신이 걷는 길을 저도 걸었어요. 우리가
겪은 역경이 겹치지는 않을지라도, 그 여정을 경험했다는
사실은 같아요. 그래서 당신이 어떤 기분일지 잘 알고 있어
요. 당신이 상상하는 것보다 더 잘 알고 있죠.

매일 침대에서 일어나야 하는 힘겨움, 자신의 마음과 끊
임없이 싸우는 괴로움, 이유도 알지 못한 채 계속 울고 싶어
지는 침울감, 무감각과 고통 사이를 걷는 혼란감, 세상에서
버려지고 폐기되었다는 외로움, 아무도 나를 이해해 줄 수

없다는 허탈함, 아무도 나를 신경 쓰지 않는다는 쓸쓸함, 아무도 믿지 못해 마음의 문을 열지 못하는 두려움, 이 모든 것에 지독한 아픔이 느껴지는 절망감….

당신은 또다시 마음이 산산조각 나는 것보다 감정을 숨긴 채 스스로 고립되기를 선택했을 거예요.

'내가 이 세상에 실수로 존재하게 된 사람은 아닐까.'

'내가 쓰레기 더미보다 별로인 사람은 아닐까.'

'내가 없어지면 세상은 더 나아지지 않을까.'

당신은 스스로를 초라하게 만들고 있을 거예요. 타인의 눈을 보고 이야기할 때는 더욱 심해질 거고요.

저는 우울증이 벌이는 게임의 규칙을 잘 알아요. 우울증은 당신의 전부를 부정적으로 바라보도록 거짓을 꾸며내고, 당신에게 신경을 쓰는 사람이 아무도 없다는 생각을 날조하고, 조금도 좋아지지 않을 것이라며 사실을 왜곡해요. 모든 희망과 믿음을 앗아가죠.

우울증은 당신이 망연자실하길 바라니까요. 우울증이 승리하길 바라니까요. 하지만 기억해야 해요. 모든 희망이 사라진 것도 아니고, 세상이 끝난 것도 아니에요. 부디 제 말을 믿어주세요. 아직 경험해야 할 것이 아주 많이 남았어요. 우울증의 거짓말에 굴복하고 우울증이 승리하도록 내버려

두지 마세요. 싸워야 해요.

다른 사람에게 손을 내밀어 도움을 요청하기가 어려울 거예요. '미친 사람', '정신병자' 또는 '하자 있는 사람'이라는 꼬리표가 달리는 것을 원치 않으니까요. 처음에는 당신이 겪은 모든 일을 이야기하는 상황이 끔찍하게 느껴질 테죠. 그러나 당신 안의 악마를 빛이 있는 쪽으로 끌어당기고 나면, 한결 나아져요.

당신은 당신이 생각하는 것보다 훨씬 더 강해요. 지금까지 살아오면서 여러 번 살아남았잖아요. 스스로가 나약하게 느껴질 때마다 당신이 지금까지 극복해 온 모든 일을 돌아보세요. 크고 작은 위기를 극복한 당신이 맞서지 못할 일은 없어요.

어느 날 갑자기 마법처럼 전부 다 나아질 것이라는 장담을 할 수는 없어요. 하늘이 무너져도 솟아날 구멍은 있다거나, 비 온 뒤에 땅이 굳어진다는 등의 틀에 박힌 말을 건네지 않을게요. 저는 공허한 약속이나 과장된 말을 믿지 않는 편이거든요. 그래도 한 가지는 분명하게 말할 수 있어요. 당신은 혼자가 아니에요.

우리가 당신 말을 들어줄게요. 우리가 당신을 이해해 줄게요. 우리가 당신의 고통을 함께 느끼고 당신을 위해 여기 있어줄게요.

전 세계에는 우울증과 싸우는 사람들이 아주 많아요. 그들은 우리를 필요로 해요. 우리는 최선을 다해 서로에게 손을 내밀어야 해요. 서로 격려하고, 서로 도와야 하죠. 중심을 잃고 넘어지려고 할 때마다 단단히 붙잡아 주어야 해요. 도움의 손길을 뻗어 용기를 주고, 치료받을 수 있도록 안내해야 해요. 우리는 함께해야 해요. 우리의 목소리를 내야 해요. 오늘 당신의 하루는 하찮은 기분으로 시작되었을지 모르지만, 당신은 누군가에게 힘이 되어줄 수 있어요. 우리 모두에게는 그럴 수 있는 힘이 있어요.

트라우마와 스스로를 학대한 기억은 당신을 규정지을 수 있는 요소가 아니에요. 정신 건강 문제도 당신을 규정지을 수 없죠.

당신이 극복해 온 일들에 주목하세요. 당신은 생존자예요. 이제 목소리를 되찾고 목소리를 높여 치유될 때예요. 당신에게는 치유와 변화의 목소리를 낼 힘이 있어요. 당신을 믿어요.

당신은 멋진 친구예요.

당신은 따뜻한 동료예요.

당신은 사랑받을 자격이 있는 사람이에요.

당신이 자랑스러워요.

우울증을
수용하게 되자,
우울증을
지배할 힘도 생겼어요.

벤

　제 이름은 벤이고 삼십 대예요. 오랫동안 극심한 우울증을 앓아왔습니다. 아주 오랫동안 그리고 아주 극심한, 그런 우울증을 겪었어요.
　정신과 의사와 상담 치료사의 도움으로 개인 상담 및 그룹 상담, 인지 행동 치료, 정신 분석, 실존 치료, 통합 치료, 미술·연극·댄스·운동을 활용한 치료 요법 등 온갖 형태의 도움을 받았습니다. 하지만 쉽게 나아지지 않았어요. 그럼에도 불구하고 많은 사람이 제 마음속 절망에 대해 기꺼이 힘께 이야기를 나누어주었습니다. 많은 인내를 보여주면서 말이에요.

꽤 긴 기간 동안 우울증에 대해 오해하고 있었습니다. 다년간 훈련을 받은 전문가만이 저에게 도움이 될 수 있을 것이라고 생각했죠. 제가 틀렸어요. 런던에 있는 자살 시도 자들을 위한 쉼터에 머물면서, 완전히 생각을 바꿀 수 있었습니다. 많은 이들과 함께 지내면서 온전히 마음을 열 수 있었거든요.

또 다른 편견도 가지고 있었어요. 전문가는 모두 아무 문제가 없는 사람일 것이라고 생각했습니다. 어리석은 착각 이었죠. 제가 본 대로라면 전문가도 어떠한 문제를 지니고 있기도 해요. 특히 가장 뛰어난 전문가의 경우, 자신 역시 완벽하지 않다는 사실을 인정해요. 완벽함은 결코 이룰 수 없는 거짓 목표라는 것을 알고 있기 때문이에요. 그들은 오히려 우울증을 앓는 사람들의 어려움을 더 잘 습득하고, 이에 훌륭하게 대처할 수 있습니다. 그들은 자신이 더 뛰어나다고 자만하지 않아요.

솔직하게 제 마음을 열어 보였을 때 새로운 친구를 많이 만날 수 있었습니다. 이제 제 삶의 일부인, 믿음직스러운 사람들이에요. 생각해 보면 우울증이 소중한 사람들을 선물해

준 것 같아요.

사실 제 인생이 꽃밭처럼 예쁘기만 한 건 아니에요. 가끔 우울증이 제 인생에 등장해 저를 끌어내리기도 하지만, 저는 다시 위로 뛰어오를 수 있어요. 다행이죠. 우울증을 수용하게 되자, 우울증을 지배할 힘도 생겼어요.

요즘은 심리 치료사가 되기 위한 교육을 받고 있습니다. 우울증을 앓았던 경험 덕분에 매우 내밀하고도 특별한 방법으로 사람들과 연결될 수 있습니다. 공감대를 형성할 수 있기에 심층적인 소통도 가능하고요. 마치 제가 특권을 가진 기분이 들어요.

제 마음에 여운을 남긴 글귀 두 가지가 있어요.

아모르파티, 그리고 이 또한 지나가리라.

제 팔에 타투로도 새겨져 있는 '아모르파티'라는 말은 '운명에 대한 사랑'이라는 뜻을 가지고 있어요. 요즘에는 운명이 저를 통제한다기보다는, 원하는 운명을 얻기 위해 제가 주도적으로 결정하고 선택한다는 의미로 생각하고 있습니다.

힘들어하고 있을 당신에게 말해주고 싶어요. 이 또한 지나갈 거라고….

잠을 좀 잤길 바라요.
잠을 못 잤다면,
휴식을 취해보는 것은 어때요?

레이첼

잠을 좀 잤길 바라요. 잠을 못 잤다면, 휴식을
취해보는 것은 어때요? 지금 편지를 읽기 힘들다면 나중에
다시 읽어도 좋아요. 이 편지는 여전히 이곳에서 당신을 기
다리고 있을 테니까요. 저는 당신을 배려할 테니, 당신은 자
기 자신을 배려하세요.

불과 삼 년 전에 저도 당신과 아주 비슷한 곳에 있었어
요. 가끔은 삼 년이라는 시간이 아무것도 아닌 것처럼 느껴
져요.

우울증이 제가 감당해야 할 또 다른 삶처럼 느껴질 때도 있어요. 우울증이 가까이에 도사리고 있어서, 언제든 다시 그곳으로 넘어질 것 같기도 해요. 그곳을 찾아가는 길조차 잊고 있었는데, 제 몸이 저절로 움직여 어느덧 익숙하고 컴컴한 골목길로 들어서는 것은 아닌지 걱정도 돼요.

제가 당신과 정확히 같은 곳에 있었다고는 말하지 않을게요. 당신의 고통은 제 경험과 다를 거예요. 고통은 사람마다 다르게 느껴지기 마련이죠. 이 점을 기억하는 것이 중요해요. 동시에 우리가 서로의 이야기를 들어주고 더 나아가 서로의 고통을 볼 수 있다는 점도 기억해야 하죠. 완전히 이해하지는 못하더라도, 누군가가 조금은 자신을 이해하고 있다는 사실을 받아들이면 치유는 시작돼요.

"제가 우울증에 걸린 것 같아요."

삼 년 전에야 간신히 말할 수 있었어요. 몹시 두려웠거든요.

"약을 좀 처방해 드릴까요?"

의사가 즉각적으로 반응했어요. 심지어 제가 숨을 고르기도 전에 대답을 했어요. 의사는 무표정한 얼굴이었죠. 방금 제가 내뱉은 말이 가슴을 찢고 나온 것이라는 사실을 알지 못하는 것 같았어요. 마음을 진정시키느라 잠시 입을 다

물었습니다.

"먼저 다른 시도를 해보는 게 좋을 것 같아요."

"돈 문제가 있으신가요?"

저는 정말 혼란스러웠어요.

'아니, 돈 문제는 없어. 돈 문제가 아니라 그냥 내가 문제를 겪고 있다고!'

제 인생인데, 제가 적극적으로 관여하지 못하는 상황에 부딪힌 기분이 들었어요. 절망감이 저를 집어삼켰어요.

일 년 동안 다양한 곳으로 상담을 받으러 다녔고, 그 후로는 가다 말다를 반복했습니다. 상담을 위해 시간을 내는 것은 제가 해온 일 중 가장 용기가 필요한 것이었어요. 그러다 다시 꾸준하게 상담을 받으러 다녔어요.

제가 온전히 나아진 상태가 아니라는 사실을 받아들이기로 했어요. 그다음 남은 기력을 모아 저를 알아가기 위한 힘겨운 노력을 거듭했어요. 우울증은 끝을 봐야 하는 싸움이에요.

언젠가는 자신을 위한 행동을 하는 것이 수치스럽지 않을 거예요. 당신이 크고 작은 위안을 받아야 할 사람이라는 사실을 기억하는 일이 그다지 어렵지 않게 느껴질 거예요.

당신은 이 세상에 존재해야 할 사람이에요. 당신에게는

당신만의 공간과 시간이 필요하고, 당신을 향한 애정과 인내도 필요해요. 공간과 시간, 애정과 인내가 생기고 나면 그다음은 치유가 당신을 기다리고 있을 거예요.

천진난만한 미소로
고통을 감추었기
때문일 거예요.

데보라

저는 우울증 환자이자, 심리학자예요.

개인적으로 우울증에 대해 잘 알고 전문가로서 치료법도 알고 있죠.

당시에는 몰랐지만, 우울증은 제가 어린 소녀였을 때부터 제 삶의 큰 부분을 차지하고 있었습니다. 저는 항상 무기력했고 눈물이 많은 아이였죠. 다른 사람들도 모두 저와 같은 기분으로 사는 줄 알았어요. 1960년대에는 가족, 친구, 선생님 등 그 어느 누구도 제 우울증을 알아차리지 못했습니다. 그 시절에는 어린아이는 우울증을 겪지 않는다는 고정 관념이 있는 데다, 제가 천진난만한 미소로 고통을 감추었기 때문일 거예요.

십 대가 되자 우울증은 더 깊어졌죠. 기분 부전 장애* 진단을 받았어요. 상태가 심해져 주요 우울 장애가 동시에 발병되면서, 이중 우울증으로 발전되었다고 했어요. 그제야 왜 이토록 부정적인 감정이 제 삶에 끼어들었는지 이해할 수 있었습니다.

저는 기분 부전 장애에 대해 정식으로 공부했어요. 우울증에 영향을 미치는 요소와 우울증이 악화되는 사고방식을 배웠고, 치유 방법도 연구했습니다. 저는 심리학자가 되었고 우울증을 겪는 사람을 만나게 되었어요. 끔찍했던 제 과거가 여러 우울증 상황을 이해하는 데 많은 도움이 되었습니다. 저는 우울증을 앓고 있는 이들과 대화가 잘 통하는 전문가였어요.

정신 질환을 앓는 사람의 기분에 대해 잘 알아요. 자신의 몸과 마음으로부터 배신당하는 느낌을 겪어보지 않은 사람은 모르는, 그 기분에 대해 잘 알고 있죠.

---

* 　 마음이 편하지 아니하고 근심이 지속되는 심리 상태

항우울제를 복용해야 한다는 수치심, 부작용이 주는 실망감, 치료 과정의 좌절감이나 어려움도 잘 알아요. 사람들로부터 받는 차갑고 딱딱한 시선이나 예외 없이 부여되는 낙인의 불편함도 잘 알죠.

제 우울증이 차츰 물러나기 시작했을 때가 기억나요. 우울증을 겪으면서 저는 인생에서 진정으로 가치 있는 일이 무엇인지 깨달았어요. 아주 단순하고 별것 아닌 일 때문에 고심할 필요가 없다는 사실도 깨달았어요. 행복과 기쁨을 찾게 해준 제 인생의 가장 어두웠던 순간에 감사하는 마음을 가지고 있습니다.

저는 우울증에 대한 전문적인 연구 결과와 유용한 치료법을 알고 있습니다. 이론뿐만 아니라 실제로 다른 환자들의 상태가 나아지는 것을 직접 목격했어요. 그들의 삶에 다시 색이 입혀질 때의 희망을 함께 보았어요. 우울증을 정복해 나가는 아이와 어른, 그들의 각기 다른 치유 방법을 관찰해 왔어요.

제가 해야 할 일은 환자가 치료 계획을 꾸준히 실행할 수 있도록 돕는 거예요. 치료 계획을 잘 따라야 해요. 이때 사랑하는 사람들의 응원은 무엇보다 소중하죠. 환자들이 제 시간에 진료를 받고, 치료를 건너뛰지 않도록 힘을 북돋우는 역할도 담당하고 있죠. 이를 '치료 이행'이라고 칭하기도 해요.

때로는 환자들이 바닷가에 가고 싶어 하거나, 말하기 싫어할 때도 있어요. 그럼 매일 같은 시각에 정해진 양의 약을 복용하도록 안내해요. 병원에 오지 않더라도 약을 챙겨 먹을 수 있도록 신경을 쓰고 있습니다. 물론 치료 계획에는 약 복용만 포함된 것은 아니에요. 잘 먹고, 잘 자고, 운동을 하는 것도 수반되어야 하죠.

심리학자로서 저는 꾸준함이 지닌 놀라운 힘을 잘 알아요. 환자로서의 저는 그 힘을 키우려고 애써야 했지만요. 꾸준함이 몸에 배면 치유가 시작돼요. 바로 그곳에서부터 기분이 더 나아질 것이라는 희망이 현실로 변하게 될 거예요. 바로 그때부터 당신은 우울증 환자가 아닌 그 이상의 존재가 되어가요. 심리학자로서, 당신에게는 희망이 있다는 사실을 알려주고 싶어요. 그리고 환자로서, 치유는 이루어진다는 사실을 말해주고 싶어요.

전혀
예측할 수 없는 방식으로
상황은 바뀌어요.

프리야

알아요, 그 공허감을…. 저는 나아졌지만요.

정신적 고통을 끝낼 방법을 찾지 못한 채, 저는 침대에 가만히 누워 있었습니다. 가족과 친구는 물론 제 인생과 관련된 모든 것에서 아무것도 느낄 수 없었거든요.

언니와 함께 모로코에 갔던 기억이 나요. 신나야 했죠. 모로코잖아요. 하지만 그럴 수 없었어요. 몸을 잔뜩 웅크렸어요. 하지만 눈물이 나지도 않았죠. 아무것도 느낄 수 없었으니까요.

제가 치유되는 데 무엇이 도움 되었는지 궁금한가요. 약, 의사, 대화예요. 그리고 몇몇 친구들. 덕분에 삶이 돌아왔습니다. 전혀 예측할 수 없는 방식으로 상황은 바뀌어요. 이제 다시 살아 있는 느낌이 들어요.

당신도 삶을 되찾길 바라요.

우울증이
좀 나아지고 나면,
그제야 지난날에서
배움을 얻기 시작해요.

킴

저는 살아오면서 적막한 공허감에 여러 번 빠졌어요. 농담을 들어도 재미가 없고, 미래는 온통 깜깜하게 보이고, 육체적 고통이 느껴질 정도로 무력감이 너무 강렬했어요. 생각의 흐름은 온통 부정적인 것으로 가득 찼고 사고방식도 견고하지 않았습니다. 심지어 온전히 제 머릿속에서 형성된 생각이 맞는지도 의심스러웠어요. 절망과 자기혐오로 인한 불안감으로 인해, 저는 저를 증오했고 세상을 미워했어요. 날이 갈수록 우울증은 점점 더 깊어졌습니다.

저에게 도움이 되었던 것은 일거리였어요. 무슨 일인지는 그다지 중요하지 않았습니다. 때로는 그냥 일을 하고 있다는 것 자체가 더 중요했죠. 끝없이 반복되는 생각으로부터 벗어나야 했기 때문에, 기분이 최악일 때조차 무슨 일이든 해야 했어요.

더 이상 아무것도 신경 쓰고 싶지 않을 때에는 극장에 가거나 자연 속에 파묻혀 있었습니다. 가끔은 아주 높은 절벽에 올라가 한 발만 떼면, 이 고통을 끝낼 수 있을 것이라는 극단적인 생각을 했어요. 그런데 높은 곳에 올라 저 아래 세상을 내려다보고 있으니, 제 문제가 작고 하찮은 것처럼 느껴졌어요.

이 편지를 쓰고 있는 지금, 저는 우울증의 끝자락을 지나고 있습니다. 살아가는 동안 우울증은 또다시 저를 찾아오겠죠. 하지만 가능하면 그 시간에 대해서는 미리 우려하지 않으려고 해요.

우울증이 가장 두려운 적처럼 느껴질 거예요. 특히 호되게 혹은 오래 앓았다면, 더욱 그럴 거예요. 하지만 우울증은 자신과 자신의 인생을 돌아보고 지금 이대로도 괜찮은지 자문하게 만들기도 해요. 이런 점에서 우울증이 변화의 계기를 마련해 주는 셈이에요. 저는 우울증이 아니었다면 두려워서 시도하지 못했을 일을 해냈어요. 우울증을 겪는 과정에서 많은 사람을 만났고, 그 인간관계는 -이상한 방식으로- 도움 되었어요.

물론 한창 우울증이 심할 때는 이런 식으로 생각하기 힘들었습니다. 대개 우울증이 좀 나아지고 나면, 그제야 지난날에서 배움을 얻기 시작해요.

당신에게 건넨 이 이야기에서 당신이 무언가를 찾았다면 더할 나위 없겠어요. 좋은 날이 오기를 바랄게요.

우울증과 함께
살아가는 법과
우울증을 관리하는 법을
배우고 있어요.

클레어 B

어른이 되고 난 다음부터는 대부분의 시간을
우울증과 싸우며 보냈습니다. 공황이 닥쳐올 때는 기분이
바닥을 쳤습니다. 저는 매일매일 무언가와 싸워야 했어요.

기분이 괜찮은 날에는 세상이 눈부시게 보이지만, 느닷
없이 기분이 가라앉으면 제 존재의 이유에 대해 의문이 들
곤 했습니다. 왜 하필이면, 얼굴에 드러나지도 않는 질병을
앓게 되어 사람들로부터 이해받지도 못하게 된 것일까요….
우울증은 질병이 아닌 변명에 지나지 않는다고 생각하는 사

람이 있더군요. 시도 때도 없이 드리우는 먹구름 아래에서 살아가는 일을 어떻게 설명해야 할지 막막했습니다. 외톨이, 실패자, 쓰레기가 된 기분이 들었어요. 우울증을 겪고 있을 때는 이러한 감정이 너무나 현실적으로 다가옵니다.

"우울증은 네가 나약하다는 증거가 아니라, 네가 너무 오랫동안 강하게 살아왔다는 신호야."

누군가가 저에게 건네준 이 말이 정말 큰 힘이 되었습니다. 제 경우에는 정말 그랬어요. 저는 가족을 돌보며 그들의 짐을 짊어져야 했습니다. 그 짐이 켜켜이 쌓여 결국 우울증으로 번졌다는 생각이 들어요.

우울증은 많은 사람이 겪는 평범한 질병일 뿐이에요. 저는 하루하루를 버텨내며 우울증과 함께 살아가고 있습니다. 침대에서 일어나고 싶지 않은 날도 있어요. 하지만 저에게는 일어나야 할 이유가 있습니다. 저에게 의지하는 소중한 가족이 있거든요. 혼자 살고 있다면 억지로 일어나야 할 이유가 없었을 거예요. 그럼 고립되고 외로운 기분이 들었을 테죠.

가족의 짐까지 짊어져야 한다는 부담감이 저를 우울하게 만들었는데, 가족을 지켜야 한다는 책임감이 저에게 힘을 주었습니다. 어쩌면 이상하게 들리겠지만, 정말이에요.

당신은 자신을 사랑하는 법과 자신은 그저 자신이라는 사실을 인정하는 법을 배워야 해요.

상담이나 약 같은 추가적인 조치를 권유받을 수도 있습니다. 남에게 도움을 구하는 일을 전혀 부끄러워할 필요가 없어요. 우리 모두는 가끔씩 힘을 잃기도 하니까요. 최근에 상담사를 통해 '대인 관계 치료'에 대해 알게 되었습니다. 저에게 도움이 될 것 같아, 치료 대기 명단에 이름을 올려놓은 상태입니다. 지금은 항우울제인 시탈로프람을 복용하고 있지만 전에는 프로작도 복용했어요. 혹시 당신도 약을 복용하고 있다면 계속 드시길 바랍니다. 분명 도움이 될 테니까요.

반려동물과 함께하는 것은 어때요? 반려동물은 사람을 평가하지 않아요. 기분이 최악일 때도 그들은 당신의 곁에서 함께할 거예요. 무척 힘이 되는 존재죠. 사랑하는 사람과 나누는 포옹도 좋습니다. 저의 어머니는 우울증이라는 질병을 잘 이해하지 못하지만, 제가 울고 있을 때마다 따뜻한 포옹을 건넵니다. 저에게는 아주 소중한 순간이에요.

즐겨 할 수 있는 일을 찾으세요. 아주 작은 일이라도 괜찮습니다. 그저 한번 시도하기만 해도 괜찮습니다. 매일 삼십 분만이라도, 걱정을 떨치고 가라앉는 기분을 잊을 수 있다면 해볼 만한 일이에요. 건강을 돌보고 자신을 아껴야 합니다.

더불어 자신보다 남을 더 챙기는 일을 그만두세요. 이제 스스로를 돌볼 차례입니다. 제가 그랬던 것처럼 말이에요.

그저 가벼운 산책을 하고, 사람을 만나고, 그들과 이야기를 나누기만 해도, 많은 변화가 일어날 거예요. 다른 사람들과 어울릴 수 있는 기회는 많습니다. 모임이나 단체에 가입해도 좋고, 자원봉사 기회를 활용해도 좋아요. 물론 힘든 일이라는 것을 알아요. 하지만 반드시 해야 하는 일이라는 것도 알아요.

스물한 살 때 우울증 진단을 받았습니다. 그 이후로 공황 장애, 강박 장애, 불안증이 계속되었고 심지어 몇 년 동안은 모든 증세가 한꺼번에 나타나기도 했죠. 이제 마흔두 살이 되었는데, 꽤 강해진 느낌이 들다가도 갑자기 제 자신이 쓸모없는 사람이 된 느낌이 몰려오기도 합니다. 하지만 부정적인 것이 아닌 긍정적인 것에 집중하려고 노력해요. 행복하게 했던 것 혹은 행복하게 하는 것에 집중하고, 불행한 것은 마음 저편으로 보내려고 애씁니다.

저는 자연을 좋아해요. 그래서 우울한 날에 찌르레기의 노랫소리를 들으며 미소를 짓고 담장에 앉아 있는 개똥지빠귀나 아름다운 꽃, 창 너머의 햇살을 보며 몸과 마음을 추스립니다.

저는 우울증이 치료될 수 있다는 말은 믿지 않습니다. 대신 우울증과 함께 살아가는 법과 우울증을 관리하는 법을 배우고 있어요. 도움을 요청하는 것을 두려워하지 않으면, 어쩌면 우울증은 저절로 치유될지도 모른다는 생각도 듭니다. 우리가 타인과 다른 것 같지만 사실은 그렇지 않아요. 마냥 행복하게만 보이는 사람도 가면 뒤에 진짜 감정을 감추고 있기도 하거든요. 우리는 그 가면을 쓰고 있는 날이 더 자주 있을 뿐이에요.

이 편지에 애정과 용기를 함께 담아 보냅니다. 우울증과 함께 살아야 하는 일이 고되기도 할 테지만, 힘내시길 바랍니다. 절대 당신이 실패자라고 생각하지 말길 바라요. 당신은 실패자가 아니니까요. 당신은 아름다운 사람입니다.

치유의 길로 갈 수 있는
여러 가지 방법을
시도해 보면 좋겠어요.

앨

제 우울증 경험이 당신에게 조금이나마 도움이
되길 바라는 마음을 담아 편지를 보내요.

우울증은 뜬금없이 찾아왔습니다. 친한 친구를 바래다
주면서 이렇게 말했던 기억이 나요.

"이상해. 그냥 내가 아닌 것 같아."

그때부터 모든 일이 내리막길을 달렸습니다. 사람들과
제대로 소통할 수 없었고, 생각이 뒤엉켜 잠도 거의 못 잤고,
음식도 잘 먹지 못했습니다. 아내와 함께 외출을 하고 집으

로 돌아오면, 아내에게 제가 사회적인 처신을 제대로 한 것인지 묻곤 했죠.

약을 복용하고 상담사를 만나기 시작했습니다. 하지만 상황은 계속 악화되었어요. 직장에서는 우울증을 감추는 일에만 급급했습니다. 집에 돌아와서는 아이들과 그럭저럭 시간을 보냈지만, 저녁이 되면 다시 고장이 난 기계처럼 자기 통제가 되지 않아 한바탕씩 눈물을 쏟곤 했습니다.

정신과 의사를 찾아가 솔직하게 이야기를 했습니다. 의사는 약의 양을 늘리더군요. 하지만 울부짖는 시간은 그만큼 더 늘어났습니다.

아내와 여동생을 데리고 정신과 의사를 다시 찾아갔습니다. 상황이 얼마나 나빠졌는지 함께 이야기하고 싶었기 때문이에요. 직장을 삼 주 동안 쉬고 그중 얼마간 입원 치료를 받기로 결정했습니다. 많은 활동과 노력이 요구되었지만 조금씩 회복되기 시작했습니다. 당신도 치유의 길로 갈 수 있는 여러 가지 방법을 시도해 보면 좋겠어요.

몇 가지 일들을 추천해 주고 싶습니다.

가까운 친구 한두 명에게 연락해 우울증 증상을 터놓으며 도움을 요청하세요. 그저 일주일에 한두 번 희망적인 메시지를 받거나, 가끔 만나 아침 식사 혹은 커피 한잔을 함께

하는 것만으로도 큰 힘이 될 것입니다. 특히 가족에게 꼭 연락하길 바랍니다. 가족은 당신, 그리고 당신의 상태를 누구보다 걱정하고 있는 사람들이거든요. 당신을 지지해 줄 사람과 시간을 보내세요. 이때, 더 좁은 범위의 집단일수록 좋습니다. 당신을 완벽하게 이해하지 못할 수도 있지만, 분명 도움이 될 거예요.

당신이 조금 나아진다면 다른 사람에게 도움을 되돌려 줄 수 있습니다. 굉장한 일이죠.

꾸준하게 운동을 하세요. 이때 동네 한 바퀴를 잠깐 도는 것으로 시작해 조금씩 운동 시간이나 강도를 늘리는 것이 효과적일 겁니다.

기록하는 습관을 기르세요. 치유를 위해 오늘 한 일에 대해서 적되, 아주 간단한 내용만 나열하는 것도 좋습니다. 매일매일 이룬 작은 성공을 적는 것이 핵심입니다.

약을 복용하는 일이나 상담 치료를 받는 일을 거부하지 마세요. 상담사가 당신의 마음에 들지 않을 수도 있습니다. 다소 번거로워도 마음에 드는 상담사를 만날 때까지 여러 명을 접촉해야 합니다.

예전에 즐기던 취미나 새로운 취미를 시작하는 것도 좋습니다.

앞서 언급한 일들은 당신을 올바른 방향으로 이끌어주는 데 도움이 될 만한 소소한 아이디어일 뿐입니다. 다양한 방법을 시도할수록 치유도 빨라질 거예요. 도움을 찾아나서려는 의지가 중요합니다. 너무 많은 사람이 자신의 우울증을 감추고, 그보다 더 많은 사람이 혼자서 가슴앓이만 하죠. 도움을 요청하세요. 그리고 도움을 받아들이세요. 말보다 실행이 훨씬 어려울 것입니다. 하지만 작은 걸음을 내디디세요. 당신도 분명 원하는 곳에 도달할 수 있어요.

작은 희망의 순간을

하나하나 세어보세요.

마음에 드는 풍경을 바라보는 순간,

텔레비전을 보며 미소 짓는 순간,

기분 좋은 떨림이 생기는 순간.

엄마라면 응당
즐겁고 행복해야 했지만,
저는 아니었어요.

크리스티나

한 번도 만난 적 없는 당신의 모습을 떠올렸어
요. 마치 거울을 보고 있는 듯한 느낌이 듭니다. 제가 우울증
에 빠진 기분에 대해 잘 알고 있기 때문이겠지요. 조금도 괜
찮지 않고, 결코 나아질 기미가 보이지 않을 거예요.

저는 침묵하고 있지 않았기에 우울증을 극복할 수 있었
습니다. 제가 느끼는 감정과 제 자신에게 해를 입히는 생각
을 입 밖으로 꺼냈습니다. 물론 그 과정이 녹록지 않았습니
다. 하지만 침묵은 아무런 도움이 되지 않아요. 그러니 침묵

한 채 엉켜 있는 실타래를 풀려고 홀로 애쓰지 말길 바랍니다. 솔직하고도 담담하게 말하는 것, 무척 중요한 일이에요.

매일매일 몸부림치며 살았습니다. 옷을 갈아입거나 샤워를 하는 등의 간단한 일상생활조차 힘에 부쳤습니다. 특히 아이를 돌보는 일은 무척이나 두려웠어요. 아이를 갓 출산한 엄마라면 응당 즐겁고 행복해야 했지만, 저는 아니었어요. 모든 일이 제 어깨를 짓눌렀고 사소한 일에도 걱정이 앞섰어요.

어느 날 깊은 우울감에 빠져 있는 제 모습을 발견하게 되었습니다. 조울증을 겪었던 어머니가 제 마음을 잘 이해해 줄 것이라 생각했어요. 그래서 어머니에게 자주 전화를 걸었어요. 더 이상 못 할 것 같다고, 이제 포기하고 싶다고, 내 아들은 정상적인 엄마 밑에서 커야 한다고 말했습니다. 그러자 어머니는 제가 해내야 한다고, 싸워야 한다고 대답했습니다. 아들뿐만 아니라 제 자신을 위해서 반드시 그래야 한다고 덧붙이면서요.

그때 깨달았습니다. 저는 소중한 존재라고, 아들에게는 제가 필요하다고, 제가 없으면 아들은 괜찮지 않을 거라고, 아들에게 엄마가 되어줄 사람은 저밖에 없다고 말이죠. 저 아닌 다른 누구도 아들의 삶을 채워줄 수 없었습니다. 저는 아들의 하나뿐인 엄마이니까요. 오직 그 생각만이 저에게 버틸 힘을 심어주었습니다.

우울증에서 빠져나오는 길은 여러 개의 작은 계단으로 이루어져 있습니다. 그중 중요하지 않은 계단은 없어요. 하나하나가 모두 꼭 필요한 과정이죠.

샤워, 산책, 설거지, 분리수거 등 무슨 일이든 하세요. 조그마한 일이 차곡차곡 쌓이면 삶의 변화가 일어날 거예요. 어느 날 갑자기 차 안에서 좋아하는 노래를 흥얼거리고 있는 자신을 발견하게 될지도 모르는 일이죠.

당신이 지금 있는 그곳보다 더 나은 곳이 있습니다. 당신은 그저 치유의 길을 걷고 있을 뿐이에요. 성급하게 생각하지 말고 그곳에 머물러 있으면서, 한 번에 딱 한 걸음만 나아가면 됩니다. 오늘은 어제와 다른 새로운 날이에요. 내일은 오늘과 다른 새로운 날이고요. 매일매일 새로운 출발점에 서 있는 당신을 응원하겠습니다.

눈앞에 놓인 상황을
해결할 수 있는 능력이
없다고 해도,
그건 당신 잘못이 아니에요.

앤드류

우울증, 어쩌면 자살 충동과 싸우고 있다면 편지를 읽는 지금 이 순간에도 몹시 외로울 겁니다. 두려움과 혼란 속에서 치유될 가망이 없다고 느끼겠죠.

'나는 누구일까?'

'나는 이 세상 어디에 속해 있을까?'

아무것도 모른 채 길을 헤매는 기분이 들 겁니다. 이 병에 걸린 자신에게 화가 날지도 모르겠군요. 하루하루 살아내야 한다는 사실과 내일 또 일어나 다시 삶을 헤쳐 나가야 한다는 사실을 견디기 힘들 겁니다.

저는 스스로 생을 마감하는 것이 제 앞에 놓인 유일한 선택지라는 생각을 한 적도 있습니다. 제가 처음 자살 충동이 들었을 무렵, 두려움보다 엄청난 죄책감과 수치심이 앞섰습니다.

'나는 왜 이토록 기분이 안 좋은 거지? 나보다 더 상황이 안 좋은 사람도 많은데, 모두들 잘 이겨내고 있잖아. 다른 사람은 행복해하고 있잖아…'

죄책감과 수치심은 점점 커졌습니다.

하지만 저는 지금 여기 있어요. 우리 모두 여기 있습니다. 여전히 살아 숨 쉬고, 여전히 싸워내고, 여전히 나아지려고 애쓰면서요.

타인과 자신을 비교하지 말아요. 타인과 자신을 저울질할 필요가 없습니다. 우리는 각기 다른 사람일 뿐이고, 겉모습만 보고서는 결코 타인의 기분을 제대로 파악할 수도 없기 때문이에요.

눈앞에 놓인 상황을 해결할 수 있는 능력이 없다고 해도, 그건 당신 잘못이 아니에요. 우울한 기분을 느낀다고 해도, 그건 당신 잘못이 아니에요. 이 모든 상황은 전부 당신 잘못이 아니라는 점을 잊지 마세요. 다만 몸이 아픈 것일 뿐입니다. 장담하건대 도움을 받으면 다시 나아질 겁니다.

그저 계속 숨을 쉬세요.

우울증은 기분이 안 좋아지는 데 그치지 않습니다. 육체적으로나 정신적으로 나약해졌다는 자책으로 확장되죠. 마치 실패자가 된 기분마저 들지만, 사실 이는 진실과는 거리가 멀어요. 벼랑 끝에 있다는 생각을 가진 채, 자신과 싸우고, 갑작스럽게 찾아오는 우울증이 강요하는 감정과 맞서고, 버거운 상황에 대처하면서 하루를 살아내고 있잖아요. 이는 가장 강한 자만이 할 수 있는 일입니다.

제 말을 들어보세요. 당신은 오늘을 견뎌냈습니다. 이 사실을 뿌듯하게 생각해도 좋아요. 당신이 여기까지 왔다는 사실을 자랑스럽게 여기세요. 지금은 미처 깨닫지 못하겠지만 당신에게는 힘과 용기가 있어요. 오늘을 이겨내고 내일을 향해 나아가면서, 당신은 매일 그 사실을 증명하고 있습니다. 당신은 나아질 거예요. 그리고 치유될 겁니다.

그저 계속 숨을 쉬세요.

당신은 결코 혼자가 아닙니다. 우울증은 끊임없이 당신이 혼자 남겨져 있다고 말하겠지만 그건 우울증의 거짓말이에요. 우울증을 겪고 있는 이들이 수백만, 아니 그보다 훨씬 더 많습니다.

우울증을 앓고 있다는 사실을 입 밖으로 꺼내기 힘들 겁니다. 저도 그랬으니까요. 하지만 가감 없이 드러내고 말해야, 우울증이라는 악마를 무찌를 수 있습니다. 부디 누군가에게 솔직하게 털어놓으세요. 당신은 치유될 가치가 있는 사람입니다. 당신이 견뎌낼 수 있으리라 믿습니다. 당신을 믿어요.

이 세상이
당신에게 주는
존중과 공감을
느끼길 바랄게요.

빌

우리는 왜 고통을 겪고 있을까요?

선천적인 걸까요? 후천적인 걸까요?

아니면 둘 다일까요?

이는 정말 중요하지 않아요. 어쨌든 우리는 여기에 있고, 우리에게 주어진 카드로 게임을 해야 하니까요.

저는 육십 년이 넘도록 불안 장애와 우울증에 시달렸습니다. 이 고통을 잠시나마 지우기 위해 매일같이 술을 마시기도 했었죠. 술을 끊은 지… 무려 삼십이 년이 지났네요.

저도 당신과 같은 입장이었어요. 모든 것이 끝났다고 생각했죠. 당연히 끝이 아니었어요. 그리고 모든 것을 잃지 않았어요. 결코 그런 일은 일어나지 않았습니다. 이 세상이 당신에게 주는 존중과 공감을 느끼길 바랄게요.

결코, 절대로 삶을 포기하지 마세요.

당신은 소중해요.

완전히 회복될 수
없다는 사실을
인정하는 것이
도움 될 거예요.

휴

        이 편지를 쓰고 있는 저는 이십 대를 지나는 내내 우울증과 불안 장애를 겪었어요. 대학 졸업 후에 입사한 첫 직장에서 적응하기가 너무 힘들었거든요. 소극적인 태도와 자신감 없는 성격으로 인해 어린 시절을 힘겹게 보낸 저는, 직장 내 불쾌한 분위기와 저를 괴롭히는 사람들 때문에 과거의 기억이 되살아났어요. 그렇게 우울증이 시작되었습니다….

회사를 옮기고 직업을 바꿔 기자가 된 이후에도 정신 건강 문제는 계속 저를 쫓아다녔고 오히려 더 심각해졌어요. 아주 짧은 분량의 기사를 쓰는 업무도 너무 고통스러웠죠. 패닉에 빠지지 않으려고 술을 지나치게 많이 마셨어요. 고통의 나날을 보냈습니다. 하지만 칠 년이 지난 지금, 누구보다 열심히 살아가고 있어요.

가끔은 잘 지내고 있는 제 모습이 믿기지 않을 때도 있습니다. 하지만 이제 업무는 스트레스의 원인이 아닌 희열의 원천이 되었어요. 무엇보다 스스로를 사랑하고 있습니다. 스스로에게 그토록 짜증을 부리던 저였는데 말이에요.

지난 몇 년 동안 치유의 길을 걸어오면서, 저의 정신 건강 문제를 객관적으로 바라볼 수 있게 되었어요. 이 경험을 바탕으로 다섯 가지 조언을 해주고 싶습니다. 당신에게 도움이 되었으면 좋겠네요.

첫 번째, 당신의 우울증을 부끄럽게 생각하지 말아요. 제가 발견한 우울증의 가장 끔찍한 본성은 우울증을 앓는다는 사실에 대해 우울감을 느껴, 우울감이 계속해서 악순환된다는 것이에요. 한때 취약한 정신 건강이 곧 제가 형편없는 사람임을 보여주는 증거라고 여겼어요. 하지만 이제는 아니에요.

제 성격이 어느 정도는 우울증을 악화시켰을 수도 있지만, 다른 관점에서 보면 자랑스러워해야 할 장점일 수도 있어요. 예를 들어, 제가 업무를 할 때 느끼는 불안감은 글을 잘 쓰고 싶다는 욕심에서 나온다는 사실을 깨달았어요. 이 감정을 잘 관리하면서 매우 긍정적인 방향, 즉 글을 잘 쓰는 방향으로 제 자신을 이끌어나가고 있습니다.

저는 지나칠 정도로 복잡하게 생각하는 성향이 있어요. 하지만 예민하지 않고 여러 상황을 고려하지 않는 사람만 있다면, 우리의 삶은 어떻게 되었을까요? 다방면으로 사고하지 않는 사람이 되는 편이 정말 더 나을까요? 저는 그렇지 않다고 생각해요. 제 약점을 수용하고 부끄러워하지 않는 법을 배우면서부터 나아지기 시작했어요.

두 번째, 우울증이 나쁜 영향만 주는 것은 아니에요. 시간을 되돌려 우울증 없이 이십 대를 다시 살아갈 수 있다고 해도, 저는 그때로 돌아가지 않을 거예요. 우울증이 제 삶에 도움이 되었다는 사실을 잘 아는데, 제 과거가 없어지기를 바랄 수는 없잖아요.

올해 초 성 소수자와 그들이 겪는 우울증에 관한 기사를 썼어요. 제 문제이기도 했죠. 이 주제를 어떻게 풀어나가야 할지 곰곰이 생각하다가 제 경험을 이야기하기로 결심했어요. 치열하게 고민했던 지난날이 다른 사람들에게 힘이 되어줄 수 있다면, 기꺼이 솔직해질 수 있었습니다. 우리가 지닌 취약점을 함께 나누는 경험은 진정한 인간이 되어가는 아주 황홀한 일이에요.

세 번째, 깊이 파고드는 일을 겁내지 마세요. 우울증은 뇌의 화학적 불균형 상태라고 정의할 수 있지만, 그것만으로는 원인을 완벽하게 설명할 수 없습니다. 아마도 당신 삶의 특정한 요인이 우울증을 야기하는 데 일조했을 거예요. 그러니 우울증에 걸린 상황에 대해 우울해하는 악순환에 갇혀 있는 것보다는, 내면을 들여다보고 자신의 진짜 모습을 찾아내는 시간을 갖는 편이 더 생산적이죠.

저는 이십 대였을 때 커밍아웃을 했는데, 그 이후에도 스스로 게이라는 사실을 받아들이는 것이 힘들었어요. 이같은 뒤죽박죽인 상황이 제 심리에 부정적인 영향을 주었죠. 성 정체성에 대한 혼란을 인정하고 나자 역설적이게도 조금 편안해졌어요.

네 번째, 우울증은 완전히 회복될 수 있는 병이 아니에요. '와! 바로 이거야. 이제 다 치료되었어.' 하면서 문을 닫으려고 하기보다는 완전히 회복될 수 없다는 사실을 인정하는 것이 도움 될 거예요. 저도 아주 가끔이지만 여전히 흔들릴

때가 있어요. 다행히 제가 예민하다는 것을 이미 알고 있으므로 삶을 무너뜨릴 만한 충격으로 이어지지 않아요. 또 여러 가지 자가 치료 방법을 동원해 관리할 수도 있고요.

다섯 번째, 이 말을 기억하세요. "우리 모두가 다 미쳤으니까." 루이스 캐럴의 《이상한 나라의 앨리스》에 나오는 유명한 말이에요. 예전에는 이 문장을 종이에 적어 제가 살던 셰어 하우스 현관문에 붙였는데, 지금은 등에 타투로 새겼어요. 세상에 '정상'이라고 칭할 만한 것은 없어요. 많은 사람이 고민과 슬픔을 안고 있어요. 고통을 함께 나눌 때 세상은 더욱 찬란해지는 법이죠.

당신이 할 수 있는 최선을 다하세요. 분명 나아질 거예요.

우울증을 완화시키는 것

우울증에 대해 이야기하기,

우울증이 시키는 대로

행동하지 않기,

우울증이 하는 말을 믿지 않기.

당신도 어서
치유의 첫걸음을
내디딜 수 있기를 바라요.

케인웬

지금 이 편지를 읽고 있는 당신에게, 인생에서 가치 있는 것을 찾을 수 없어 힘겨워하는 당신에게, 자신이 쓸모없는 존재라는 생각에 빠져 있는 당신에게, 삶이 나아질 기미가 보이지 않는다고 말하는 당신에게….

오늘, 혹은 이번 주, 혹은 이번 달 내내 깜깜한 방 안에만 있었나요?

샤워를 하고 옷을 갈아입었나요?

이불 속에 숨어 있기만 한 것은 아닌가요?

당신에게 이 질문을 하고 있는 저 역시 방 안에서 씻지도 않은, 부끄러운 상태로 몇 개월을 보냈어요. 그때 집에 있는 약을 전부 입에 털어 넣었지만 요동치는 마음이 진정될 기미가 보이지 않았습니다.

"예전에도 힘들어한 적이 있었지만 극복했잖아. 이번에도 그럴 수 있어."

저를 정말 아껴주는 사람들이었지만, 그들의 말에는 동의할 수 없었어요. 이렇게까지 모든 의욕을 잃었던 적은 없었거든요.

"나아지려면 더 노력해야 해."

저는 일 년 내내 노력했는데, 그들은 제가 노력한 결과가 이것이라는 사실을 이해하지 못했어요.

무슨 수를 써서라도, 삶을 가치 있게 만들어줄 인간관계와 활동을 이어나가고자 했습니다. 하지만 매번 공허감만 확인했어요…. 방 안에서 시간을 보내도 밖으로 내몰리는 기분이랄까요. 결국 혼란과 불안, 공황에 사로잡혔습니다. 하지만 다정한 말과 소중한 시간을 건네준 사람들 덕분에 제가 안전하다는 확신을 가질 수 있었지요.

어쩌면 저는 너무 애써왔는지도 모르겠습니다.

완전한 고립을 선택할 수밖에 없었어요. 뒤로 물러났어

요. 제가 속할 수 없는 세상으로부터 도망쳤어요. 일상생활을 할 수 없었거든요. 눈앞에 닥친 고통을 해결하려고 안간힘을 썼습니다. 제 상태가 영원히 계속될 것 같아, 머릿속이 복잡해졌어요.

'내가 뭘 그리 잘못한 것일까…'

아직 이 편지를 읽고 있나요?

위에서 쓴 이야기 중에 와닿은 내용이 있나요?

그렇다면 계속 이 편지를 읽어주길 바라요. 당신의 삶도 제 삶처럼 나아질 테니까요.

약을 복용한 후부터는 불안증과 공황 장애가 완화되었어요. 하지만 우울증과 무기력한 기분은 계속 저를 꼭 붙들고 있었죠. 하지만 친구들은 항상 문자를 보내주었고, 전화를 걸어주었고, 저를 집으로 초대해 주었어요. 제가 나아지는 동안 인내해 준 것입니다. 친구들은 절 함부로 판단하지 않았고 항상 인정해 주었으며, 가끔 우리 집에 와서 옷을 입거나 커튼을 걷어 젖히는 등 사소한 일을 해낸 저에게 칭찬을 베풀어주었어요.

아직도 종종 삶이 무가치하게 느껴지기도 하지만, 저를 지켜주는 친구들 덕분에 평온함을 찾을 수 있어요. 저는 운이 좋았어요.

병원에서 도우미를 배정해 준 일은 정말 대단한 전환점으로 작용했어요. 처음에는 그가 저를 위해 무슨 일을 해줄 수 있을지 의심했어요. 하지만 곧 깨달았죠. 제 말을 들어주고 제 상황을 이해해 주는 사람을 얻게 된 거예요. 우리는 함께 커피를 마셨고 쇼핑도 했어요. 저의 창의적인 면모를 발견하고는 뜨개질과 바느질, 닥종이 공예 등을 배울 수 있는 지역 모임에도 데려갔습니다. 오랜만에 사람들과 연결되는 기분을 느끼게 되어 기뻤습니다. 정원을 가꾸고 싶다고 말하자, 여성 센터의 정원을 돌보는 자원봉사 자리를 소개해 주기도 했습니다. 낙엽을 쓸어 담고 식물을 심는 일을 했어요.

작년, 그러니까 어느 때보다 어두웠던 시기에 누군가가 저에게 이 편지를 쓰라고 말했다면, 저는 거부했을 거예요. 하지만 이제 달라졌습니다. 불가능은 언제나 가능으로 바뀔 수 있어요. 저는 다시 걷기 시작했고 제가 걷는 이 길이 어디에 닿을지 생각하며 제 삶을 즐기고 있어요. 당신도 어서 치유의 첫걸음을 내디딜 수 있기를 바라요.

숨 쉬기만 해도
느껴지는 아픔은
언젠가 기억으로만
남게 될 거예요.

한나

장담하건대 우울증은 떠나갈 거예요. 숨 쉬기
만 해도 느껴지는 아픔은 언젠가 기억으로만 남게 될 거예
요. 우울증은 절대로 사라지지 않는다는 말을 들은 적이 있
다면, 그건 잊어버려요. 사실이 아니에요. 우울증은 극복할
수 있어요. 다시 우울증이 나타나더라도 지금만큼 끔찍하게
다가오지는 않을 거고요.

웹 사이트를 통해 여러 명이 쓴 편지를 읽으면서, 저는
몇 개월 만에 처음으로 무언가를 느낄 수 있었어요. 제 우울

증이 영원하지 않을 것이라는 사실을 깨닫게 되자, 온몸에 안도감이 퍼졌어요. 그리고 정말로 우울증은 계속 이어지지 않았습니다. 다시 제가 느꼈던 극한의 고통에 이르게 되는 일이 벌어지지 않았어요.

매일 아침잠에서 깰 때마다 기분 좋은 따스함을 느껴요. 수업이 갑작스레 휴강하게 되면 가슴이 설레요. 더 많은 자유 시간을 음미할 수 있는 날이 주어진 것이니까요. 미래와 휴일을 기대하게 되었습니다. 가족을 만나고 싶고, 친구의 이야기를 듣고 싶어졌어요.

미래는커녕 내일도 떠올릴 수 없었던 과거가 기억나요. 혼자 있는 시간보다 타인과 함께 있는 시간이 더 고통스러웠어요. 왜냐하면 그들 앞에서 저는 억지로 괜찮은 척해야 했거든요.

이제 치유의 길을 걷게 된 지 육 개월이 지나가고 있어요. 제 자신에 대해 그리고 모든 것에 대해 더 많이 알아가고 있습니다. 틀에 박힌 말 같지만, 진심이에요. 당신이 어디에 있든지 당신이 누구든지, 당신을 사랑해요. 마지막으로 당신이 느끼는 고통은 영원하지 않다고 말해주고 싶어요.

**가족이나 친구,
산책, 휴식, 혹은 약,
사람들은 각각
필요한 것이 달라요.**

바바라 B

당신의 기분을 정확히 모르지만 어렴풋이 짐작할 수는 있어요. 저도 살면서 세 번 무너져 내렸으니까요. 마지막 세 번째가 가장 끔찍했어요. 아, 지금은 나아졌고 잘 지내고 있어요. 그러니 당신도 괜찮아질 거예요.

매트 헤이그는 자신의 책 《살아야 할 이유》에서 이렇게 말했어요.

"당신이 절망 속에서 잃어버린 시간을 아쉬워하지 마세요. 그 후에 주어질 시간은 두 배의 가치가 있을 테니까요."

정말 맞는 말이에요.

끼니를 거르지 마세요. 몸이 섭취하는 영양분의 이십 퍼센트는 뇌가 이용하거든요. 뇌가 제대로 작동할 수 있도록 잘 챙겨 먹어야 해요. 신선한 과일이나 채소도 좋아요. 단백질은 충분히, 탄수화물도 필요한 만큼 섭취해야 하고요. 물론 입맛도 없고 식욕도 잃었을 거예요. 하지만 영양분이 풍부하게 포함되어 있는 건강한 음식을 충분히 먹는 일은 치유에 꼭 필요하답니다.

가족이나 친구, 산책, 휴식, 혹은 약, 사람들은 각각 필요한 것이 달라요.

제 딸은 인지 행동 치료와 약, 성취감을 가질 수 있는 작은 일을 통해 삶의 원동력을 찾았어요. 저는 신선한 공기와 운동, 그리고 이상하게 스도쿠 퍼즐이 도움 되었어요. 한동안은 다른 사람이 제가 먹을 음식을 만들어주었어요. 제가 쇼핑이나 요리 같은 복합적인 일을 감당할 수 없는 상태였기 때문이에요. 심각했을 때는 재활용 쓰레기를 분류하는 일도 힘들었다니까요.

의료 전문가가 당신에게 도움이 될 수도 있지만, 아닐 수도 있어요. 저는 의학적인 조치가 효과를 발휘하지 못했어요. 몇 년 동안 여러 가지 약을 복용했지만 아무런 소용이 없었거든요. 그러다 보니 의료 전문가가 모든 문제를 약으로만 해결하려고 하는 것 같았어요. 도무지 의사를 신뢰할 수 없었기에, 의학적인 조치를 취하는 일을 그만두었어요. 대신 저만의 방식으로 치유하고 있어요. 하지만 당신도 저와 같을 것이라고 말할 수는 없죠.

제가 좋아하는 문장이 있어요.

'개인은 씨앗이며 그 씨앗은 삶의 정원에 뿌려진 후 온전한 잠재력을 갖고 자라난다.'

때로 우리가 적응하기 위한 '생존형 자아'를 만들어내고 '자동 조종 장치'를 작동해 꾸역꾸역 살아가고 있다는 공상을 하기도 해요. 우울증이 야기하는 위기와 붕괴는 우리가 그동안 당연시해 온 방식에 대해 다시금 생각할 기회를 주어요. 우울증은 생존형 자아가 아닌 타고난 자신으로 돌아갈 수 있는 발판을 제공하는 게 아닐까요?

부디 절망에 빠져들지 말아요. 치유될 거예요. 그리고 삶은 아프기 전보다 훨씬 더 충만해질 거예요.

**당신도 알다시피,
우리는 그저
아픈 거예요.**

존 B

제 이름은 존이에요. 십 대 때부터 우울증을 앓기 시작했는데, 쉰한 살이 될 때까지 치료를 받지 않았어요. 지금 저는 쉰세 살이고 이 년째 치료를 받고 있습니다. 치료하는 데 몇 년이 더 걸려도 동요하지 않아요. 수십 년에 걸쳐 우울증이 배어들었으니 치유되기까지 수십 년이 소요된다고 해도 놀랄 필요가 없는 것이죠.

하루 정도 잠깐, 침울한 감정이 찾아왔다가 사라졌어요. 우울증은 그렇게 시작되었습니다. 몇 년이 지나면서 암울한 감정은 깊어졌습니다. 지속 기간도, 강도도 함께 커졌죠. 증상이 심각해지는 동안 저는 중년의 나이가 되었어요. 침울한 심정이 몇 년씩 지속되면서 우울증이 깊어졌습니다. 제가 느꼈던 피로감과 근심에 대해 이야기하자면 끝도 없을 거예요. 당신의 고통은 당신만의 것이니 제가 다 알 수는 없겠지만, 분명 저도 이해할 수 있습니다.

이제 당신에게 제 이야기를 고백해 볼게요.

2014년 9월 2일, 제가 쉰한 살이었을 때, 저는 자살을 시도했습니다. 당신에게 이 고백을 하는 이유는 제 마음이 얼마나 엉망진창이었는지, 얼마나 자아 존중감이 없었는지 알려주고 싶기 때문이에요. 그 일이 일어난 다음 날인 9월 3일에 저는 완전히 다른 사람이 되어 있었어요. 여전히 망가진 상태였지만, 문제의 근원을 찾아 해결하겠다는 다짐을 하게 되었거든요. 그날 삶의 변곡점을 맞이하게 되었습니다.

저의 치유는 느리지만 꾸준히 진행되고 있어요. 치유는 순조롭게만 이루어지지 않아요. 기복이 심하죠. 올라가는 단계가 있으면 내려가는 단계도 있고, 가끔은 잘못된 길로 접어들기도 해요. 어쨌든 저는, 지금 훨씬 더 나은 곳에 와 있습니다.

제가 타인에게 도움을 요청했을 때부터 치유가 시작되

었어요. 도움을 받기 위해서는 어쩔 수 없이 목소리를 내야 했지요. 이건 제 능력 밖의 일이라고 여겼어요. 너무 오랫동안 제 자신을 부끄러워하는 데 익숙해져 있었거든요. 수치심 때문에 침묵하게 되었어요. 하지만 막상 목소리를 내자, 제 안의 힘이 솟아오르며 모든 것을 더 나아지게 만들었습니다.

제가 아프다는 것과 제 병에 이름이 있다는 것을 알게 되자, 당연히 치료법도 존재한다는 걸 알게 되었습니다. 제가 겪는 병에 이름을 붙이자, 제 안에 박혀 있던 어둠의 힘이 사라졌어요. 그리고 그 병의 이름을 부르자, 병의 미약함이 드러났어요.

예를 들어볼게요. 주요 우울 장애는 삶의 가치가 모조리 사라진 느낌을 주입시키려는 특징이 있습니다. 이는 우리의 생각과 감정에 필터를 끼우고는, 이성적 판단을 배제시키고 감성적 불안을 형성하죠. 또 긍정적인 감정을 몰아내요. 사람들은 웃고 사랑하고 즐거워하고 있지만, 당신은 그 세상에 도달할 수 없다고 생각되는 거예요. 당신은 제 말의 의미를 잘 알 거예요.

주요 우울 장애는 당신에게 거짓말을 하는 것일 뿐이에요. 이 일을 잘 못하고 저 일을 잘 못한다고 말하죠. 실제로 다른 사람보다 못하지 않는데도 말이에요. 당신도 알다시피, 우리는 그저 아픈 거예요. 주요 우울 장애가 생각을 조작하고 있다는 사실을 알게 되면, 그 속임수를 들여다볼 수 있어요. 이를 통해 진정한 치유가 시작되죠.

제가 부모님에게 처음으로 도움을 요청했을 때부터 치유가 시작되었어요. 두 번째 치유는 캐나다 정신 건강 센터에 전화를 걸어 도움을 요청했을 때였죠. 운이 좋게도, 그들은 제 말을 잘 들어주고 제 요청을 받아들였어요. 그러나 조직이 지닌 특성상 일이 빨리 진행되지는 않았어요. 이 말을 하는 이유는, 치료 과정이 지연되더라도 당신이 너무 당황하지 않길 바라기 때문이에요.

도움을 요청하기로 결심하고 전화를 걸기만 하면 되는, 아주 간단한 일을 주저하지 마세요. 아침에 침대에서 일어나려는 노력보다 단순해요. 좀 괜찮아진 날에 용기 내어 지역 정신 건강 센터에 전화를 걸어보세요.

9월 3일에 제가 했던 최선의 일은 부모님에게 도움을 요청하는 것이었어요. 그 이상도 그 이하도 아니었죠. 9월 4일에 제가 했던 최선의 일은 캐나다 정신 건강 센터의 전화번호를 찾아 전화를 거는 것이었어요.

물론 할 수 있는 최선의 일이 침대에 누워 있는 것뿐인 날도 있어요. 하지만 도움을 구하는 과정이 거듭되면서 치유의 추진력을 얻었어요. 당신도 할 수 있다고 믿어요.

주요 우울 장애가 그저 거짓말에 능한 사기꾼이라고 말한 것을 기억하나요? 당신이 성공적으로 해낸 일 혹은 최선을 다한 일을 노트에 기록한다면, 사기꾼의 거짓말에 반박할 수 있어요. 우울증이 당신에게 무능력하다고 외칠 때마다 노트를 펼치세요. 그 노트에 적혀 있는 내용을 통해 우울증의 거짓말이 들통나는 것은 물론 당신이 최선을 다해 살아가고 있다는 사실을 증명할 수 있을 거예요.

마지막 제안을 할게요. 감사의 일기를 쓰세요. 매일 밤 잠들기 전, 하루를 돌아보며 고마움을 느꼈던 일을 적는 거예요. 가능하다면 세 가지를 찾아 적어요. 그게 어렵다면 같은 내용을 세 번 쓰는 것도 괜찮아요. 당신이 자는 동안 감사의 마음이 점점 퍼질 거예요. 감사의 일기를 쓰는 습관은 말로 설명할 수 없을 정도로 제게 큰 도움이 되었어요. 덕분에 저는 아침을 맞이하는 일이 설렜고 다음 날을 새로운 기회로 여기게 되었어요.

이제 그만 편지를 마쳐야겠네요. 여기까지 읽은 것만으로도 당신은 많이 지쳤을 테니까요.

당신이 걸어가는 길이 성공적이길, 건강하길 바라요.

평생의
크리스마스가
한꺼번에 찾아온
기분이었어요.

해리엇

저는 아무 말도 내뱉을 수 없었어요.

행복은 흐릿한 기억이 되어 되찾을 수 없다고 생각했어요.

눈물이 끊임없이 흘러내렸어요.

눈물마저 말라버렸을 때 눈을 뜨는 일도 힘들었어요.

치유된 모습은 꿈꿀 수도 없는 망상과 같았어요.

하지만 저는 나아졌어요.

다시 웃기 시작했어요.

평생의 크리스마스가 한꺼번에 찾아온 기분이었어요.

제 삶에 기적이 일어났어요.

당신도 나아질 거예요, 분명히.

그러니 조금만 참아요.

그동안은 자신을 아껴주세요.

치유는

견뎌내고, 드러내고, 살아내는 것.

그리고 할 수 있는

최선을 시도하는 것.

**인생에는
제어할 수 없는,
그래서 죄책감을 느낄 필요도
없는 일이 있어요.**

조셉

저는 반응성 우울증*에 시달렸습니다. 결혼 생활 실패, 성 정체성 문제, 가정 붕괴에 대한 죄책감 등이 주원인이었죠. 온 힘을 다해 제 머릿속의 어두운 생각을 차단했습니다. 한동안은 이 방법이 꽤 통하는 것 같았죠. 그러다가… 아무런 경고도 없이 갑자기 저는 망가졌습니다. 지금 생각해 보면 당시에 온갖 경고 등이 깜빡이고 있었더군요.

* 　외부의 구체적 사건에 대한 반응으로 인해 나타나는 우울증

제가 자립하는 데에만 집중하느라, 우울증이라는 교활한 야수가 어디까지 손을 뻗칠 수 있는지 모르고 있었을 뿐이었습니다.

아무 감정을 느끼지 못하는 상태가 지속되었고 완전히 무가치한 느낌에 사로잡혔습니다.

저는 대화 치료를 받을 수 없는 상태였어요. 그래서 약을 처방받았습니다. 약의 효과가 제대로 나타나기까지 육 주가 걸린다는 사실을 알고 있었습니다. 하지만 저는 육 분도 버틸 수 없었어요. 당장 나아져야 했습니다. 그러다 자살 시도를 하게 되었어요….

결국 정신 병동에 입원하게 되었습니다. 그다지 유쾌한 장소는 아니지만, 그곳에서 오히려 안정감을 느꼈습니다. 저는 더 이상 제 자신의 유일한 책임자가 아니었어요. 의사, 간호사, 상담사 등 여러 전문가가 제 안위를 함께 책임지고 있었습니다. 그들의 도움으로 저는 차츰차츰 나아졌습니다. 인생에는 제어할 수 없는, 그래서 죄책감을 느낄 필요도 없는 일이 있어요. 이를 깨닫고 나자 저는 한결 편해졌습니다.

저는 오 년 넘도록 나아진 상태로 지내고 있습니다. 건강한 정신을 얻기 위한 저의 여정은 쉽지 않지만, 해내고 있습니다. 혼자서는 해내지 못했을 거예요. 저에게 도움을 준

수많은 사람들에게 감사의 인사를 전합니다. 그리고 제 편지를 읽고 있는 당신에게도 감사의 인사를 전하고 싶습니다. 제 편지를 읽어주어서, 정말 고마워요.

이룰 수 있는
목표를 정하고
과정을 작은 단계로 나누어
진행하면 돼요.

네이선

우울증 증상은 사람마다 다르므로, 치유에 이르는 한 가지 정답은 없습니다. 그럼에도 불구하고 우울증을 경험해 본 사람이라면, 그 녀석이 강력한 힘과 목소리를 가졌다는 사실에 동의할 테죠. 우울증이 가장 시끄러운 목소리를 낼 때 다른 소리는 들리지 않아요. 당신이 경험한 모든 기쁨과 희망, 즐거움은 흔적도 없이 사라지죠.

제가 한창 우울증과 싸웠을 때는 조금만 활동을 해도 기운이 다 빠져버렸습니다. 자신감과 자존감은 바닥까지 내려갔고, 불안감은 하늘 높이 치솟았고, 비관의 구름에 휩싸였습니다. 삶의 긍정적 측면은 베일에 가려 보이지 않았죠. 하지만 이곳에서 벗어날 길은 있어요.

이 편지를 읽기로 한 당신의 결정은 곧 당신이 미래에 희망을 품고 있다는 의미이기도 하니, 조금 안심이 됩니다. 지금은 그저 한순간일지라도 혹은 아주 작은 빛의 조각일 뿐이라도, 그 희망은 존재하고 더욱 몸집을 불려나갈 거예요.

어둠에서 탈출하기 위해서는, 생각을 말로 바꾸고 정리해 이성적인 평가를 내려야 해요. 이 일은 정신 건강을 관리할 수 있는 방법을 탐색하고, 이를 적극적으로 활용할 수 있도록 만들 거예요.

정신 건강 문제를 겪고 있는 사람을 향한 부정적인 인식을 개선하기 위한 여러 캠페인이 벌어지고 있습니다. 이를 구체화시키려면, 저마다의 목소리를 내고 서로 대화를 나누는 것이 중요하다고 생각합니다. 이 편지를 읽는 행동도 대화에 참여하는 방법 중 하나예요. 그 점은 뿌듯하게 생각해도 좋아요.

저는 오랫동안 상담을 받고 약도 복용하며, 우울증을 관리했습니다. 우울증을 '관리'하는 것도 가능해요. 필요한 일이기도 하고요.

저는 대학생이었을 때도 우울증을 앓고 있었는데, 그럼에도 불구하고 아주 높은 학점으로 졸업을 했습니다. 처음 목표를 세웠을 당시에는 이를 달성하는 일이 불가능해 보였습니다. 하지만 해낼 수 있었죠. 성취감을 느낀 저는 블로그를 만드는 데 온 에너지를 쏟았습니다. 정신 건강에 관한 주제로 글을 썼고 현안도 다루었습니다. 저널리즘 분야에서 일하고 싶었거든요. 당신도 꿈을 향해 나아가길 바랍니다. 스스로 이룰 수 있는 목표를 정하고 과정을 작은 단계로 나누어 진행하면 돼요. 이를 통해 자신감을 얻을 수 있을 뿐만 아니라 낮게 드리웠던 먹구름을 뚫고 나갈 힘도 생길 거예요.

이제 이 편지에서 가장 중요한 말을 하려고 합니다. 정신 건강이 취약한 상태로 살아간다는 사실을 절대 수치스러워할 필요 없어요. 당신은 나약하지 않고 쓸모없지 않아요. 당신은 많은 곳에 쓰일 사람입니다. 하루, 한 시간, 일 분…. 느리지만 확실하게 나아가세요. 당신은 반드시 치유될 것입니다.

아무것도 안 하고
울고만 싶은 날도
있을 거예요.

마츠리에

'나는 쓸모없는 사람이야.'

'그 누구도 나를 원하지 않을 거야. 물론 사랑하지도 않
을 테고.'

'아무도 내가 처한 상황을 이해하지 못하겠지.'

제 귓가에 들리는 악랄한 목소리와 매일같이 싸움을 벌
였습니다. 이 어둠의 끝에는 빛이 존재하지 않는다고 느꼈
죠. 그러다가 제 자신을 괴롭히는 일을 멈추기로 했어요. 마
음을 헤집으며 스스로를 계속 고달픈 상황 속으로 몰아갈

수 없었거든요.

'왜 내가 그렇게 행동했지?'

'왜 친구와의 관계를 망가뜨렸지?'

'왜 더 일찍 도움을 구하지 않았지?'

'왜 친구들에게 도움을 구하지 않았지?'

'왜, 왜, 왜…'

당신의 존재를 들키고 싶지 않아 숨고 싶을 때가 있을 거예요. 인생의 모든 것, 모든 관계를 다 차단하고 싶겠죠. 아무것도 안 하고 울고만 싶은 날도 있을 거예요. 그래도 괜찮아요. 우울증을 수용하는 방법을 배우기 시작하면 앞으로 나아갈 수 있습니다.

도움을 요청하는 것은 나약하다는 증거가 아니라는 사실을 깨달아야 해요.

우울증에 대해 말하는 것 혹은 우울증을 인정하는 것은 어려워요. 우울증을 입 밖으로 꺼내면 안 되는 정신 질환으로 보는 사람이 많으니까요. 하지만 매일매일 수백만 명이 우울증과 싸우고 있어요. 우리가 더 많은 이야기를 할수록, 우울증을 겪고 있는 더 많은 사람을 도울 수 있어요.

힘든 시기를 견뎌내려면 사랑과 우정이 필요해요. 무한한 지지를 보내주는 사랑과 우정 말이에요. 혼자서 싸우려고 하지 말아요.

절망에서도 희망을 찾는 법을 배우길 바라요. 우리 모두는 가족과 친구로부터 사랑을 느끼며 살아가야 하는 존재예요.

우울증에
걸리고 싶은 사람은
아무도 없어요.

리자

편지를 읽고 있는 지금, 자신의 모습이 너무 혐오스러운가요? 차라리 태어나지 않았으면 좋았을 것이라는 생각이 드나요? 왜 우울증에 걸렸는지, 왜 이런 일이 하필 자신에게 일어났는지 이해가 가지 않나요?

제 말을 믿으세요. 우울증은 우울증일 뿐이에요. 우울증에 걸리고 싶은 사람은 아무도 없어요. 당신은 아무런 잘못을 하지 않았어요. 그러니 자기비판은 그만두세요.

당신이 느끼는 무력감을 이해해요. 처참한 절망감을 이

해해요. 이 감정은 전부 참혹한 질병의 단면이죠. 우울증은 커튼 뒤에 숨어 있다가 몰래 당신의 뒤를 따라와요. 조금 나아진 것 같은 기분이 들 때 다시 당신을 공격해요. 며칠, 몇 주, 몇 개월씩 당신 안에 머무를 거예요. 다시는 나아지지 않을 것 같지만, 때가 되면 나아져요.

우울증을 고치기 위해 다양한 방법을 시도해야 할지도 몰라요. 계속 앞으로 나아가야 해요. 언젠가는 효과가 나타날 테니까요. 약은 치유하는 데 있어 가장 중요한 열쇠가 될 거예요. 적절한 약을 꾸준하게 복용하다 보면, 점차 변화를 알아챌 수 있을 거예요.

우울증에서 벗어나기 위해 거쳐야 할 단계를 하나씩 밟으세요. 가볍게 산책을 하고, 차를 마시고, 바깥에 앉아 햇볕을 느끼고, 친구를 만나세요. 그렇게 조금씩 하루하루를 나아가세요.

지금은 모든 일에서 중압감을 느낄 거예요. 하지만 겁먹지 마세요. 제가 가장 좋은 이야기, 가장 설레는 이야기를 들려줄게요. 우울증은 나아져요. 우울증은 사라지고 당신은 원래의 활기찬 모습으로 돌아갈 거예요. 당신은 매우 강하고 대단한 사람이에요. 어때요? 이만하면 당신은 사랑하고 사랑받을 자격이 충분하죠.

당신의
건강과 안녕을
최우선으로 두세요.

에메랄드

당신이 백만 번쯤은 들어봤을 말이지만 제 편지에 한 번 더 쓸게요. 정신 질환은 나이, 수입, 학위 등에 상관없이 누구에게나 찾아올 수 있어요. 현명한 사람에게도 찾아올 수 있죠.

살다 보면 사회적인 지위나 평판이 신경 쓰이기 마련이에요. 그리고 자신에게 기대를 품고 있기도 하죠.

저도 다른 사람들처럼 거창한 목표를 세우며 살았어요. 게다가 모범생이었고, 운동도 꽤 잘했으며, 대단한 각오를 지닌 사람이었죠. 스스로 무엇이든 할 수 있다고 자부했습니다. 학창 시절에는 코치나 멘토에게 깊은 인상을 심어주기 위해 애썼고, 어른이 되어서는 상사에게 좋은 모습을 보여주는 데 집착했어요. 여기에 완벽을 추구하려는 욕망과 최고가 아니면 안 된다는 집념이 더해졌어요. 이는 무엇이든 훌륭하게 해내야 한다는 강박으로 이어졌죠.

제 가치를 증명하기 위해 온 힘을 쏟았습니다. 이 같은 행동이 당연하다고 생각했어요. 상사가 일주일에 사십 시간 동안 일하기를 기대할 때 저는 육십, 아니 팔십 시간 동안 일을 했어요. 어느 동료가 말하더군요. "만약 에메랄드가 비영리 단체에서 일하지 않았다면 지금쯤 백만장자가 되어 있을 거야." 저는 그 말을 마음에 담아 두고 있었습니다. 그리고 직장을 영리 단체로 옮기고 나서, 부자가 되기 위해 전력을 다했습니다. 비영리 단체라는 족쇄도 벗어던졌으니, 곧 큰돈을 손에 쥐게 될 거라고 믿었죠.

하지만 그럴 수 없었어요. 다양한 우울증 증세가 한꺼번에 찾아왔거든요. 몇 년 동안 우울증이 계속 이어졌어요. 재정적 실패는 자기혐오의 소용돌이에 빠져든 저에게 우울증을 가져다주었어요. 지불하지 못한 학자금 대출 납입금 때문에 절망에 빠졌습니다. 예상치 못한 신용 카드 연체 이자를 보며 참담함을 느껴야 했죠. 식료품 가게에서 신용 카드가 결제되지 않던 날, 눈물이 멈추지 않았습니다.

제가 세운 삶의 기준에 너무 못 미친 거죠. 백만장자가 되어야 했는데…. 똑똑한 머리를 가진 데다 학사 학위와 대단한 경력까지 있었는데, 은행 잔고는 고작 칠십 센트뿐이라는 사실이 저를 무너뜨렸습니다. 저에 대한 평가를 스스로 부정적으로 조작한 탓에, 재정적으로 이룬 성과를 토대로 저를 무시했고 백만장자와 비교하며 실패자로 규정지었습니다.

정신 질환 환자의 경우, 한 번에 하나 이상의 지지대를 잃는 경우가 많다고 하더라고요. 저 역시 좋지 않은 일이 한꺼번에 벌어졌습니다. 우울증이 심각해져 입원 치료를 받느라 직장을 그만두어야 했어요. 또 발리에서 미국으로 이사를 해야 했고, 그 와중에 치료비에 쓸 돈이 없어 여기저기 돈을 빌리러 다녀야 했어요. 가족 집에 머무르긴 했지만 사실상 노숙자 신세였어요. 그리고 실업자이자 상당한 의료비를 빚진 채무자이기도 했죠.

정신 질환 환자가 직장을 구하는 일은 쉽지 않아요. 회사에 입사 지원을 하고, 면접도 잘 봐야 하고, 매일 출근을 하고, 하루 종일 업무를 수행해야 해요. 건강한 사람이라도 괜찮은 직장을 얻어 일을 하는 것이 쉽지 않은데, 당신도 잘 알다시피 정신 건강에 구멍이 나면 아주 간단한 일조차 하기가 힘들잖아요.

다른 관점을 가져야 할 필요성을 느꼈어요. 요즘 저는 '전 세계에서 재산이 가장 많은 서른다섯 살 이하의 여성 자산가 서른다섯 명' 목록에 들지 못해 슬퍼하는 게 아니라, 다달이 청구서에 찍힌 금액을 결제할 수 있는 저를 자랑스럽게 생각하고 있습니다. 제 삶의 기준이 훨씬 더 건강한 쪽으로 옮겨진 거예요.

원하는 곳에 도달하려고 발버둥을 치고 있나요? 그 지점에 도달하지 못하는 주요인이 정신 건강이라고 느끼고 있나요? 건강해지지 않으면 결코 원하는 목표에 도착할 수 없어요. 당신의 건강과 안녕을 최우선으로 두세요. 자기 관리와 정신 건강 관리를 우선시하다 보면 언젠가는 당신이 세운 목표에 다다르게 될 거예요. 하룻밤에 얻을 수 있는 것이 아니므로, 오늘은 그저 자신에게 인내심을 가져요.

지금 당장은
너무 애쓰지 말 것,
이게 제가
하고 싶은 말이에요.

앨런 B

제가 당신을 친구라고 불러도 될까요? 이 편지를 마칠 때쯤 당신도 저를 친구라고 느끼고, 당신이 필요할 때 마음을 열 수 있게요. 당신의 말을 귀담아듣는 귀, 당신의 두려움을 가라앉히는 목소리, 당신은 혼자가 아니라고 안심시킬 미소를 제가 빌려줄 수 있으면 좋겠어요.

우울증은 눈에 보이지 않는 것이에요.

가슴 찢어지는 심정을 볼 수 없어요. 주체할 수 없는 공포를 볼 수 없어요. 마음속에서 끝없이 이어지는 갈등을 볼

242

수 없어요. 더 이상 버티기 어려운 슬픔을 볼 수 없어요. 아무리 노력해도, 아무것도 볼 수 없을 거예요.

하지만 조금만 고개를 돌리면 당신을 걱정하는 사람들이 눈에 보일 거예요.

암울하고 무미건조하고 적막한 날을 홀로 보내던 중, 우연히 사람들과 이야기를 나누게 되었어요. 그때부터 고통의 끝이 보이기 시작했죠. 주변 사람들의 이야기를 듣고 깜짝 놀랐어요. 얼마나 많은 이들이 저와 비슷한 경험을 하고 있는지 또 얼마나 많은 이들이 저를 걱정하고 있는지, 그전까지는 미처 알지 못했거든요.

물론 당신을 이해해 주지 않는 사람도 있을 거예요. 하지만 일반적인 경우는 아니에요. 저는 당신의 눈을 바라보며 당신의 말을 들어줄 준비가 되어 있어요. 당신을 걱정하고 있죠. 그래서 당신에게 이 편지를 쓰고 있어요.

여전히 하루하루가 힘겹게 느껴지기도 해요. 우울증이 도사리고 있다가 어느 날 갑자기 들이닥칠지도 몰라요. 하지만 괜찮아요. 네, 그래도 괜찮아요. 이제 괜찮아요. 우울증을 받아들여도 괜찮다는 사실을 알거든요. 더 솔직하게 이야기하면 제가 늘 괜찮은 것은 아니에요. 여전히 견딜 수 없을 만큼 안 좋은 날도 있어요. 하지만 이 또한 괜찮아요.

당신은 아무것도 할 수 없는데, 저는 어떻게 이런 편지까지 쓸 수 있는지 궁금한가요? 그럼 몇 가지 질문을 해볼게요. 당신은 지금 돌이킬 수 없을 만큼 뒤죽박죽인 세계에서 살고 있겠죠. 당신은 혼돈을 완전히 통제해야 한다고 생각하나요? 마음 깊숙한 곳에 부정적인 사고를 꾹꾹 담아 두고 꺼내지 않으려고 하나요? 언제나 완벽한 선택을 하고 완벽하게 일을 해내야 한다고 생각하나요? 혹은 완벽하길 바라나요? 그러지 마세요. 지금 당장은 너무 애쓰지 말 것, 이게 제가 하고 싶은 말이에요. 저도 온 정성을 쏟았는데 원하는 대로 되지 않았거든요. 앞서 한 질문은 애초에 실현이 불가능한 일이에요.

우울증이 당신의 인생은 물론 사랑하는 이들의 삶을 망치고 있다는 생각이 들 때가 있을 거예요. 하지만 당신으로 인해 인생의 행복을 맛보는 이들도 많아요. 이를 실감하지 못하고 있을 뿐이에요. 사람들은 당신을 위해 당신과 가까운 자리에 있어요.

당신은 존중받는 사람이에요.

당신은 혼자가 아니에요.

당신은 앞으로도 혼자가 아닐 거예요.

절대
끝날 것 같지 않은
어둠의 터널에도
끝은 있어요.

크리시

우울증은 삶을 순식간에 장악해 버려요. 우울증은 거대한 야수 같은 존재라서, 당신을 잡아먹을 수도 있겠죠.

당신이 하루하루를 견뎌내기 위해 최선을 다하고 있다는 사실을 알아요. 하지만 다른 날보다 특히 더 힘들어서 침대 밖으로 나올 수 없는 날도 있을 거예요. 가능하다면 며칠 동안 아무것도 보고 싶지 않고, 아무 말도 하고 싶지 않겠죠. 밤새도록 잠을 이룰 수 없어 계속 뒤척거리다가 이유 없이 눈물이 나기도 할 거예요. 이불 안에 영원히 숨고 싶더라도 온 세상의 의지를 끌어모아 일어서야 해요. 옷을 입고 집 밖으로 나가야 하죠.

제 우울증은 모든 일에 눈물이 나는 방식으로 찾아왔습니다. 아무것도 아닌 일에도 펑펑 울었어요. 눈물 몇 방울이 흐르는 것이 아니라, 심장이 튀어나올 것처럼 목 놓아 울었어요. 머리가 아파지고 더 이상 눈물이 나오지 않을 때까지 울었습니다. 이러다 미쳐버릴 것 같았죠.

당신도 저와 같은 시간을 보내고 있나요? 그렇다면 당신에게 말해주고 싶어요. 사람들은 당신을 이해하고 있습니다. 자신도 우울증을 겪은 적이 있다고 담담하게 고백하는 사람들의 이야기에 귀를 기울이세요.

제가 절망감을 느끼는 이유를 도무지 찾을 수 없었어요. 왜 아무도 이 어둠에서 저를 꺼내주지 못하는지 이해가 가지 않았죠. 바깥에 밝게 빛나는 태양이 없는 것도 아닌데…. 활짝 핀 예쁜 꽃이 없는 것도 아닌데…. 귀여운 아이들이 쾌활하게 뛰어다니지 않는 것도 아닌데…. 이토록 가슴 찢어질 만한 사건이 없는데…. 우울증이 언제 시작되었는지 혹은 왜 시작되었는지 알지 못해 답답했어요.

하지만 누구나 우울증을 겪을 수 있어요. 그러니 혼자라고 생각하지 말아요. 당신을 이해할 수 있는 사람이 없다고 생각하지 말아요. 물론 죄책감을 느낄 필요도 없습니다. 당신 잘못이 아니니까요. 아무리 강한 사람일지라도 우울증을 겪을 수 있어요.

몸과 마음이 공모해서 당신을 멈추게 만들 거예요. 그리고는 당신이 당신의 삶 전체를 비관적으로 재평가하도록 만들 거예요. 하지만 절대 끝날 것 같지 않은 어둠의 터널에도 끝은 있어요. 당신은 터널을 빠져나올 수 있는 능력을 지니고 있습니다. 당신은 야수를 물리칠 수 있어요.

제가 그걸 어떻게 아냐고요? 저도 생존자니까요. 제 마음과의 전쟁에서 당당하게 살아남았으니까요. 우울증이 저의 본질과 제 안의 꿈, 인생의 욕망을 빼앗을 뻔했어요. 하지만 결국에는 제가 저를 지켰어요. 당신 이전에 많은 사람들이 그랬듯이, 당신도 해낼 수 있어요. 당신 이후에 많은 사람도 그럴 거고요.

엮은이의 편지

'치유의 편지'를
시작하게 된 이유

제임스 위디

《괜찮지 않아도 괜찮아요》는 우울증에서 치유된 이들이 우울증을 겪고 있는 이들에게 전하는 편지예요. 당신을 위한 이야기이자, 당신을 생각하며 쓴 이야기죠.

저는 몇 년 전에 정신 병동의 입원실 침대에 앉아 있었습니다. 오후 세 시가 되면, 태양이 벽에 나무 그림자를 드리워 제가 있는 공간과 어울리지 않는 희한한 장식을 만들어 냈어요. 그토록 아름다운 광경을 보는데도 아무 느낌이 들지 않았어요.

정신 병동에 입원하기 전에는 대규모 자선 단체에서 교육 담당 직원으로 일하면서 자살 예방 강의를 했어요. 하지만 어느새 자살을 시도하지 않는지 관찰당하는 입장이 되어 있었죠.

그때까지만 해도 제 인생을 바꿀 수 있을 것이라고 생각하지 못했어요. 다른 사람들의 인생을 바꾸어줄 '치유의 편지' 캠페인을 떠올리게 될 줄도 몰랐고요.

우울증에서 벗어날 수 있다고 말해준 의료진은 단 한 명밖에 없었어요. 제가 살아 있는지 보기 위해 매일 병실에 찾아온 수습생이었죠. 그가 병실을 나서며 말했어요.

"제임스, 우울증은 치유될 수 있어요."

'우울증에서 벗어나는 일이 가능하다고? 정말로…?'

처음 그 말을 들었을 때는 전혀 믿지 않았습니다. 우울증이 저에게 건네는 말은 정반대였거든요. 문제는 우울증의 목소리만 크게 들린다는 것이었어요. 하지만 다시금 그의 말을 곱씹었어요. 그러자 아주 작은 희망의 빛이 보였습니다. 그때, 조금이나마 나아지기 위해서는 치유 가능성에 대한 이야기를 더 많이 들어야 한다는 사실을 깨달았어요.

저는 런던에 위치해 있는 메이트리 쉼터*에 머물면서 더 자주 희망을 접할 수 있었어요. 그곳에서는 죽고 싶었다는 말을 솔직하게 할 수 있었습니다. 아무에게도 말하지 못했던 비밀을 털어놓자, 오히려 편안한 마음이 들었습니다. 사람들은 제 말을 경청해 주었고 제 마음을 이해해 주었어요. 그들은 제 고통을 바라보고 고통 한가운데 서 있는 저를 바라보며, 진심을 다해 저를 구하고 싶어 했습니다. 그들은 문자 그대로 혹은 은유적으로 저와 함께 있었어요.

"제 모든 것이 짓밟힌 느낌이에요. 저의 본질이 사라진 것 같아요. 아무것도 남지 않았는데 어떻게 계속 살아갈 수 있겠어요?"

"저는 그렇게 생각하지 않아요. 제 눈에 보이는 사람은 만신창이가 되었지만 사라지지는 않았거든요."

그 순간 작은 희망의 빛이 온몸에 스며들었어요. 점멸하고 있는 약한 빛이었지만 분명 보였어요.

그렇게 저는 점차 치유되었고, 치유의 편지 캠페인을 실현하는 데 집중할 수 있었어요. 우울증에서 치유된 사람들이 우울증을 겪고 있는 사람들에게 편지를 써준다면, 큰 도움이 될 것이라고 생각했죠. 치유될 수 있다는 사실을 믿고 싶어 하는 많은 사람들에게 이 편지가 닿을 수 있길 바랐습

---

*　　자살 시도를 한 사람들의 치유를 위해 거주 서비스를 제공하는 기관

니다. 편지가 지닌 가장 강력한 힘은 보낸 이들도 받은 이들 못지않게 많은 것을 얻는다는 점이에요.

저는 정신 병동에서 퇴원을 한 후, 블로그를 개설해 첫 번째 치유의 편지를 썼어요. 이 책에도 실려 있어요. '사람들은 당신을 걱정하고, 당신과 함께 있길 원하고, 당신을 사랑하고 있어요.'라는 편지예요. 트위터 계정도 개설해 다른 사람들에게도 편지를 써달라고 요청했습니다. 전 세계에서 조증, 우울증, 산후 우울증 등을 겪고 있는 사람들이 편지를 보내주었습니다. 이 책은 우울증이 치유될 수 있다는 사실을 아는 사람들이 당신에게 보낸 희망이에요.

그들의 편지는 우울증의 고통을 날것 그대로 보여주어요. 우울증이 고통스러운 방식으로 계속되지 않으리라는 사실을 담담하게, 그리고 아름답게 이야기해요. 이 말을 한 번 더 쓰고 싶어요. 우울증이 고통스러운 방식으로 계속되지는 않을 거예요.

치유는 '회복되었다'는 말과 달라요. 치유는 우울증과 함께 살아가려는 노력이에요. 당신이 하는 일에서 의미를 찾으려고 노력하고, 미래를 보려고 노력하고, 회사에 가서 일하려고 노력하는 것이죠. 부엌 바닥에 콩을 잔뜩 담은 봉지가 와르르 쏟아지거나 쓰레기봉투가 터져서 엉망이 되어도, 소리치지 않으려고 노력하는 것이기도 해요. 최선을 다해 노력하면, 당신의 증상은 줄어들고 고통은 가라앉고, 삶의 의미를 되찾으며 다시 행복을 느낄 거예요.

저는 좋아지고 있는 것이 아니에요. 앞으로도 좋아지지는 않을 거고요. 그건 굉장히 어려운 일이거든요. 다만 압박감이 조금 줄어든 상태로 살아가기 시작했을 뿐이에요. 저는 아마 남은 평생을 우울증과 함께 보내야 할 것입니다. 우울증을 겪고 싶지 않지만 간절하게 바란다고 해서 우울증이 사라지지는 않아요. 우울증을 수용할 때만 앞으로 나아갈 수 있어요.

타인을 돕고 자신을 돕기 위해, 우울증에 대한 이야기를 함께 나누기로 해요. 우리가 더 많이 쓰고 더 많이 말하고 더 많은 경험을 나눌수록, 우울증의 힘은 약해질 것입니다. 그래서 우리의 이야기는 정말 중요해요. 이 편지로부터 도움을 받고 영감을 얻어, 당신만의 편지가 쓰고 싶어진다면 '치유의 편지' 웹 사이트www.therecoveryletters.com를 방문해 보세요. 당신의 이야기를 기다릴게요.

편지가 가져올
기적 같은 순간

올리비아 세이건

제가 카운슬러로 일할 때 말로 표현하기 어려운 상황에 부딪히면, 글이라는 도구를 활용해 사람들을 도왔습니다. 말은 한번 내뱉고 나면 다시 주워 담을 수 없어 주저하게 만드는 반면 글은 앞으로 나아갈 길을 보여주거든요. 굴러다니는 생각이 모이면 글이나 이야기가 되고, 이는 자신을 위한 일기 혹은 다른 사람을 위한 편지가 되기도 해요.

편지는 변화를 가져오고 고통을 저 먼 곳으로 밀어내는 역할을 해요. 수신자가 있든지 없든지 상관없이, 편지를 보낼 것인지 받을 것인지 상관없이, 자신을 위한 것이든 타인을 위한 것이든 상관없이, 편지는 들판에 찾아든 봄날처럼 온기를 전하고 긴장을 풀어주어요.

왜 편지를 읽고 쓰는 일이 중요할까요? 이 페이지에 다 쓰지 못할 만큼 다양한 답변이 나올 것입니다. 여러 장점이 있겠지만, 특히 자기 인생을 스스로 통제할 능력을 잃었다고 느낄 때 편지를 쓰는 행위는 해묵은 상처를 가라앉히고 이에 강력히 맞서 싸울 수 있도록 도와주어요. 자신 혹은 자신의 일부를 되찾고, 다시 살아 있는 기분이 들도록 만들죠.

편지를 쓰는 행위는 실제 심리 치료 활동으로 이용되고 있습니다. 환자가 직접 삶을 새로 쓰면, 스스로 용기와 희망을 터득할 수 있어요.

이 책에 실린 편지는 모두 우울증과 우울증을 겪는 방식, 우울증에서 빠져나오는 방법을 다루고 있습니다. 이 편지들을 통해 우울증의 개념, 우울증의 형태와 진행 과정, 우울증의 단계에 대해 알게 될 거예요. 더불어 우울증이 얼마나 끔찍한지 확인하고 우울증을 어떻게 이겨내야 할지에 대해서도 배우게 될 거고요.

또 우울증을 어떻게 겪고, 거부하고, 격분하고, 또 수용하게 되었는지 확인할 수 있어요. 이 과정을 타인과 함께 나누는 것은 용기가 필요하지만 분명 치유에 도움이 되는 일이에요.

편지는 유일하고 드문 방식으로 타인을 알게 해주어요. 그들에게 마음을 열고, 영감과 평온을 얻길 바라요. 때로는 화도 나겠지만 의욕을 얻길 바라요. 그렇게 함으로써 당신의 또 다른 면을 찾게 될 테니까요.

괜찮지 않아도 괜찮아요
The Recovery Letters

초판 1쇄 발행   2021년 5월 20일

지은이	제임스 위디, 올리비아 세이건 James Withey and Olivia Sagan
옮긴이	양진성
편집	윤민희
디자인	스튜디오243

펴낸 곳	해와달 출판그룹
브랜드	시월이일
출판등록	2019년 5월 9일 제2020-000272호
주소	서울특별시 마포구 양화로 183, 311호 (동교동)
E-mail	info@hwdbooks.com

ISBN	979-11-91560-00-8 03840

• 시월이일은 해와달 출판그룹의 단행본 브랜드입니다.
• 책값은 뒤표지에 있습니다.
• 파본은 구입하신 서점에서 교환해드립니다.
• 이 책은 저작권법에 의하여 보호를 받는 저작물이므로 무단 전재와 복제를 금합니다.